「……ああ、綺麗だ。

こんなにも透き通るように白くて……

ああ、堪らない」

「きゃっ」

「いい匂いもする」

かぷりと、……食まれる。

はむはむと口内で……、
まだ触れられていない胸の先端が更に硬く、
じんと痛くなってきた。

死を望む悪役令嬢ですが、王太子に予想外に溺愛されて困惑しています

木登

Vanilla文庫

CONTENTS

イラスト／Ｒｕｋｉ

プロローグ

液晶ディスプレイの向こう側。

見目麗しい王太子は、荘厳な雰囲気の中で、自分の妃となる悪役令嬢と並んで神官の前に立っていた。

これは私の大好きな大人の女性向け乙女ゲーム『私の夜は終わらない』の、大した事のないほんの一場面だ。

攻略対象の一人である王太子がゲームの主人公であるヒロインと恋に落ちなかった場合、シナリオ通りに婚約者である悪役令嬢と婚姻式にのぞむ。

ただの結末を補足する為だけのシーン。

国益の為だけに特化した結婚。婚約が結ばれたのは二人の子供の頃だが、成長を遂げた今でも愛は生まれなかった。

王族や貴族社会では珍しくはないと知っていても、プレイヤーである現代社会に生きる私にはピンとこない。

愛してもいない人間と結婚し、後継を残す為だけに子供を産む。それが貴族の家に生まれた女性に課せられた生涯の使命なのだ。

逆に、王族の貴族や男性もまた、愛した女性と正式に婚姻を結べるのは珍しいという。

今日顔を合わせた時から、一切の黙り込みを決めた自分の妻に、王太子は静かに一度だけ声を掛ける。

『ここで、揺るがない自分の居場所を一から作ればいい』

視線はあっち、言葉はぶっきらぼう。

優しさなんて、ちっとも感じない。

ヒロインにはあんなに、優しく聡明に振る舞っていたのに。

……だけど、だけども。それはとても凛《りん》とした声だった。

「……あっ」

私は画面の中の悪役令嬢ではないのに、深く澱《よど》んだ泥水の中に、ぽちゃんと天から澄んだ雨水が一粒落ちてきたように感じた。

たったそれだけの雨水じゃ、泥水は決して澄んだりはしない。

途方もない時間を掛けなければ、変われたりはしない。

けれど、その一粒ぶんだけは、確実にさっきとは違う。

私は王太子のこの行動に、悪役令嬢がどう答えるのか息を呑《の》んで見守った。

幼い頃から父親に利用され孤独に蝕《むしば》まれ続け、寂しさゆえにヒロインに酷く当たり続けてきた悪役令嬢。

そんな彼女を嫌い距離を置き、ただ冷めた目で見ていた王太子。

だけど王太子は、彼女の置かれた状況に対し、同情に似た気持ちをわずかに持っていた。

結婚後、ここで自分の居場所を作れと言っている。

そんな王太子から突然投げられた、〝これから〟を示す言葉。

王太子は、悪役令嬢と共にこの国を将来へ繋《つな》げていくと腹に決めたようだ。

「……どうするの？　ミネット」

私は思わず、まだ黙り込む悪役令嬢に話し掛けてしまう。

見守っていた液晶ディスプレイは、驚いた表情をするミネットの立ち絵に切り替わった。

私には、ミネットのいつも深く沈んで見える紫水晶色の瞳に……微かな光が宿ったように見えた。

「わ、ミネットの驚き顔なんて……こんなのあったんだ」

怒るか怒鳴るか、静かに遠くを見るような表情のパターンしかなかった悪役令嬢の驚き顔。

それを初めて見た衝撃が、私の心を大きく震わせる。

そうして、その隣でまた同じように彼女の様子に驚くような王太子の立ち絵に、思わず噴き出してしまった。

「ふふっ、貴方がミネットにそんな顔をさせておいて、自分で驚いてるなんて」

変なの。なんて小さく呟いてしまってから。

私はずぶずぶと沼にはまるように、その王太子に夢中になりはまっていくのだった。

一章

十四歳の誕生日。

私、ミネット・クーロは、機嫌の悪い馬の後ろにうっかり立ってしまい、蹴られてしまった。突然の衝撃と痛み、思考が停止するほどのショックで意識がどんどんと遠のいていく。

その中で見た走馬灯は、知らないはずなのになぜか既視感を覚えるシーンの数々で……。繋ぎ合わせたような走馬灯に映し出された一場面に驚き、手を差し伸べる天使の手を振り払い、召される寸前で意識を取り戻した。

「……し、死んでる場合じゃないわ」

気を失っていた私を大事に抱き抱えていてくれたのは、我が国の第一王子リオネル・ラマルト様。陽に透けて輝く金色の髪が揺れている。

射抜くような印象的な瞳、すっと通った鼻筋に形のいい唇が必死に私の名前を呼ぶ。

「ミネット！　大丈夫か⁉」

焦《あせ》り見開いた美しい蒼い目いっぱいに、ぼんやりした私が映っていた。

メイド達がリオネル様を密かに『初恋強盗』なんて、物騒で不敬なあだ名をつけてキャッキャと騒いでいたけれど。

なるほど、間近で見ても完璧、完全無欠の美しさに見とれて……いる場合じゃない。

さっき見たあの走馬灯。血にまみれた断頭台の下に転がっていたのは、今よりも大人びて精悍な顔つきになったリオネル様の首だった。

光を失った蒼い目には、歓喜に騒ぐ他国の兵士達の姿がぼんやりと映る。

激流のような悲しみが、何もかもを薙《な》ぎ倒し押し寄せる。

……うっかり死んでる場合じゃない。早くリオネル様を助ける為にやり直さなくちゃ。

でも……何を、やり直すの？

必死に何かを話し掛けるリオネル様の肩越しに、晴れた空に流れる雲が見える。

さっき見たのが死ぬ間際に見る走馬灯というものなら、私にはさっぱり身に覚えがない。

まるでこれから起きるような場面ばかりだった。

どうしてリオネル様が断頭台に……生気を完全に失い、目が見開かれたままの首を思い出す。

どうしてリオネル様が？

嫌よ、絶対に嫌。そんな事は決して起きてはならない事だわ。

私の命に代えても、お慕いしているリオネル様があんな目に遭うのを避けなくてはならない。

知らないはずの出来事に、私の胸は酷く焦燥《しょうそう》感に駆られた。

「……うっ」

混乱を極める中、強烈な吐き気と頭痛が込み上げてきて、再び意識を手放した。


「……う、ああ……生きてる……？」

どのくらい眠っていたのだろう。気を失っていた事で脳の中がだいぶ整理されたらしい。

何重にも掛けられた天蓋の、豪華なレースに覆われた寝台の上。

うっすら目覚めた時、この世界の事をまるで天啓のように理解できた。

『理解』というより『思い出した』、または『重なっていた魂が入れ替わった』と言ったほうがしっくりくる。

ここは、前世の私が大好きだった乙女ゲーム『私の夜は終わらない』の世界だ。

そしてあの私が見た走馬灯は、これからこの世界や私の身の回りで起きる出来事だ。

『前世』と言っていいのかわからないけれど、私はこの世界の人間ではなかった。

乙女ゲームと呼ばれる恋愛シミュレーションゲームが好きな、違う世界の女性だったのだ。

画面越しに見るこの世界が大好きで、だけど自分ではどうにもならない事も多くて……。

『私の夜は終わらない』は、大人の女性向けに作られたハードな内容のゲームだ。

男爵令嬢からの成り上がりを目指す逞《たくま》しいヒロインを中心に、騙し騙され、監禁、心中もやってのける十八禁のアダルト向け。

ただ残虐でエロティックなだけではなく、どのキャラクターにも入れ込んでしまう背景があり、世界観の作り込まれたシナリオと美麗なイラスト、それに人気声優の起用で大ヒットした。

甘いだけではなく、なかなか避けられないバッドエンドだらけで、最推しの攻略対象であるリオネル様の死に落ち込み、何度も悔し涙を流した。

『この人が生き続けるルートは他にないのか』

ゲームを楽しむよりも、リオネル様の生存ルート模索の為に、私は画面との睨めっこの日々を送っていた。

そうして――。どうしてかはわからないけれど、こちらの世界に転生したらしい。

まず、頬《ほお》を触るとガーゼのような物に触れ、押してみるとビリッと痛みが走った。

「痛っ……うわ、腫《は》れてる」

そうだ、あの時馬に蹴られたんだった。

当たり所が悪ければ、あの場で死んでいた。走馬灯まで見た事を思い出し、背筋がゾッとする。

そっと寝たまま腕を上げてみると、新雪のように真っ白な肌が晒《さら》された。

長い髪をひと掬《すく》いすると、銀糸にも似た豊かな薄紫の髪が淡い光にキラキラと煌《きら》めく。

見慣れた自分のこの姿……あのゲーム『私の夜は終わらない』で思い当たるのは、ただ一人。

それは『人生を全て捧げてもいい』と生まれて初めて思った推しキャラクター、リオネル・ラマルト様の、唯一の生存ルートに関わるヒロインではなく……。

ヒロインの恋の邪魔ばかりし、リオネル様の死に大きく関わる悪役令嬢――リオネル様の婚約者で傍若無人な性悪、だけど何だか憎めない完全無欠な美貌の持ち主。

……あのキャラクターも、今の私と同じ『ミネット・クーロ』という名前だった。

私は知らないうちに、ミネット・クーロとして転生していた……？

「いや、いやいや、でも待って」

ゲーム開始時、ミネットは十八歳だ。

今の私は、十四歳を迎えたばかり。

「……確かめなきゃ」

無理やり寝台から身体を起こすと、激しい痛みが左側の頭から肩までを雷のように貫いた。声にならない。奥歯をくいしばって痛みに耐え、呻《うめ》きを漏《も》らしながらよたよたとドレッサーへ向かう。

素足の裏から感じる、毛足の密集した高級な絨毯。見回した広い部屋の中は貴重そうな調度品で揃えられていて、人形なども飾られている。

ふらつきながらもやっとの思いで、細やかな彫り細工が施された豪華で大きなドレッサーまで辿り着いた。

不安からか、心臓が悲鳴を上げるように苦しくなるほど跳ねる。

震える手で鏡に掛けられた布を摑《つか》み、思い切りずり下ろした。

磨かれ、曇りひとつない鏡に姿が映る。

腫れ上がった左頬にガーゼが当てられてはいるが、そこからはみ出して赤紫色の内出血が白い頬に広がっていた。

目を背けたくなるほど痛々しい。目視したせいか、ジンジンと頬や頭が痛み出す。

髪の色と同じ、紫水晶に似たふたつの瞳が不安そうにこちらを見ている。

幼くは見えるけれど、間違いはなさそうだ。

見慣れた私の顔、どうして今までずっと気付かなかったのだろう。

これは……紛う事なき少女時代のミネットだ。

「まさか、ミネットになっちゃったなんて……！」

あまりのショックで呆然《ぼうぜん》としてしまう。

「夢だと思いたいけど……でも、身体はバラバラになるかと思うほど痛いから、夢じゃないんだ」

鏡に映る『自分』に触れると、その顔はぐにゃりと歪《ゆが》んだ。

「絶対に、リオネル様からは愛されない……惨めに一人で死んでいくミネットだわ」

ぐっと、切なくて苦しい想いが込み上げる。

王太子ルートでは、ミネットは自分の侍女でゲームの主人公である男爵令嬢アニエスを、リオネル様に色目を使ったと難癖をつけて酷くいじめる。

ミネットは政略結婚の相手であるリオネル様を愛しておらず、またリオネル様も同じくミネットに愛も情も持てなかった。そして、清純で慈悲深い微笑みをこっそりと向けてくれたアニエスに強烈に惹かれていく。

ミネットの侍女であるアニエスもまたリオネル様に惹かれ、二人は、密かに真実の愛を深めていく。

それに気付いたミネットはプライドを傷つけられ怒り狂い、お茶に毒を入れて三人で無理心中をはかろうとする。

しかし、アニエスは事前にそれを察知して、自身とリオネル様が毒を飲むのを防ぐ。そして、一人先に毒入りのお茶を飲んでしまったミネットだけが死亡するのだ。

王太子の命を救ったアニエスは国民から讃えられ、身分差を超えてリオネル様の婚約者になり、二人は堂々と幸せになる結末を迎える。

リオネル様が生き残るのはこの王太子トゥルーエンドだけ。アニエスが他の攻略対象とくっついてしまうと、リオネル様はシナリオ通りにミネットと結婚し、漏れなく死んでしまう。

リオネル様を生かすには、王太子ルートをまっすぐに正しく突き進む事。

そして私が三人でのお茶会イベントで死ぬ事で、ルートが完遂される。

処刑や自死、隣国へ連れ去られての陵辱……。そもそもミネットの未来は、この三つの選択肢以外は存在しない。

必ず、何らかの形で死んでしまうと決まっている。

自分がしてきた事の報いとはいえ、これからそれらの起こる未来に身震いしてしまう。

恐ろしさに涙が勝手に溢《あふ》れた。けれど――。

鏡に映る姿。

痛みを感じる生身の身体。

その先には身を焦《こ》がすような鮮烈な希望の光が待っていた。

「……そうか、私はミネットなんだ。だとしたら、『私』なら……リオネル様を助けられる？」

ゲームのシナリオをやり込んだ私なら、リオネル様を助けられるかもしれない。

正ヒロインではないけれど、存在感ならかなりある。

身分も家柄も申し分ない、これを強力な盾にしてこの世界に介入できる。

リオネル様を絶対に助ける。ずっとそう願っていたのだから。

「決めたわ。きっと私はその為にミネットに生まれ変わったんだ。ミネットじゃなきゃできない事が、きっとあるはず」

鏡の中の少女ミネットは、大きな瞳に涙をたたえたまま、まっすぐにこちらを見ている。

私はミネット・クーロとして、持つもの全てを使って最愛の推し、王太子リオネル・ラマルト様を生存ルートへ強引にでも導こう。

ヒロインがリオネル様に監禁される『監禁エンド』や、ライバルから刺殺される『刺殺エンド』など、数あるバッドエンドを全てかわし、目指すはヒロインとの王太子トゥルーエンドのみ。

そして私は運命を受け入れ、最後のイベントで二人の目の前で毒を飲んで潔く死ぬ。

「……大丈夫、上手く死ねる。私はやれる。目指すのよ、完璧な死を！」

前向きな気持ちでそう叫ぶと、声を聞きつけ飛んできた侍女達に見つかり騒ぎになってしまった。


私達が暮らすこのセルキア王国は広大な領地に宝石が採れる鉱山をいくつも所有している。

世界でも希少な宝石、しかも神の加護を授かれるという言い伝えがあり、実際に四方を強国に囲まれながらも表向きには平和で豊かな暮らしが守られている。

整備された煉瓦《れんが》畳みの小路に、白を基調とした王城や教会、建物の数々。

いくつもある大きな広場では毎日新鮮な食べ物や生活品を扱った市場が開かれ、大通りには高級な生地を扱う仕立て屋や宝石店が建ち並ぶ。

吸い込まれそうに爽やかな青い空。

蜂蜜の溶けだしたような黄金の夕暮れ。

宝石を散りばめた薄布を広げたような夜。

白亜の建物と青い空の息を呑むほど美しいコントラストなど、素晴らしい光景があり、この世で世界一美しい国と言われている。

鉱山で採掘をする人夫は収入がいいので国外からも働きに来る人が絶えず、採れた宝石を美しく加工する為の細工職人の工房が、街にいくつも構えられている。

それを売る商人が国内外から城下へ毎日買いつけにやってくる。

人で賑わう街はお土産《みやげ》屋や宿屋、食事処などが充実し、活気と芸術品で溢れていた。

ただ、軍事力となると隣国に多少劣ってしまう。

民間からの軍人の若いなり手は皆、給金のいい採掘の仕事か細工職人の弟子になってしまうからだ。

特に細工職人の腕は他国でもかなり高く買われるので、手に職をつけて自分の工房を持つ夢を叶える為に他国へ旅立つ若者も少なくない。

もし四方の国との均衡が崩れ戦争にでもなったら、国境防衛の薄い場所から攻め込まれるのは目に見えている。

それを防ぐ為に、王室は昔から他国との政略結婚を行なってきた。

『セルキア王国では、神の加護を得られる宝石が採れる』

神の加護だなんて目に見えないものに信憑《しんぴょう》性を持たせるのが、王族の中に稀に生まれる、容姿にとある特徴を持つ女性だ。

希少な宝石の中でも、特に美しい紫色をした宝石がある。

夜明け前の、藍色に深く染まる空のような深い紫色。

ぴんと弾けそうに張り詰めた、朝露をしたたらせる瑞々しい葡萄色。

深い夢の底に咲く、ラベンダーの花畑。

それらを重ねて閉じ込めて、神が作ったという紫色の宝石——それを、瞳や髪に宿したと言われているのが、『神子』と呼ばれる乙女だ。

ゲームのミネット・クーロは、その神子の特徴を持って生まれた女の子だった。

神子が神から託された言葉——神託には、何人《なんぴと》たりとも逆らえず、その乙女が身を捧げた国は、大きな天災や飢饉《ききん》などの厄災を退ける事ができるとされている。

王族以外から神子が生まれるなんて前代未聞だったが、セルキア王国の宰相でもあるクーロ伯爵はこれを機に更に王政内での立場を強めた。

いい政治の道具が生まれたと密かに喜んだだろう。

クーロ伯爵はミネットの命の保障と、その身体に傷がつかないようにする為、他の兄弟との接触を禁止し、別邸に閉じ込めて育てた。そこに父からの愛はなく、あったのは利用価値だけ。

特別な子供ミネットは、兄弟から遠巻きにやっかまれ、一人愛に飢《う》えながら孤独に育つ。

そんなゲームのミネットと同じく、私もそうやって別邸で育ってきた。

父がたまに連れ歩くのは私だけで、そのたびに人々から向けられる興味や崇拝、欲を含んだ視線には幼い頃から傷つけられてきた。

ただ、加護と引き換えに神子は短命だと言われている。

しかし、私はたまたまその容姿を持って生まれただけの、神子の紛い物、偽物だろう。

ゲームのミネットが密かに自分のことをそう思っていたように……。

今まで神託など一度も受けた事がないし、ましてや婚約者であるリオネル様は私と将来を共にしても死んでしまうのだから。

十四歳の誕生日に馬に近付きすぎて蹴られ、顔や身体を腫らした私を見た父は、怪我からくる熱にうなされる娘を寝台から叩き起こし、激しく叱った。

馬の持ち主である王太子に物言えない分も上乗せして、言葉の暴力を浴びせた。

ゲームでは、ミネットがこんな目に遭ったなんて回想にも出てこなかった。

あくまでも脇役のミネットの過去を、ここまでシナリオで掘り下げる必要がなかったのか、それとも何か軌道がずれて無いはずの事が起こってしまったのか……。

そんな事を考えながら、いつかこの父に罰が当たるようにと見知らぬ神に祈りながら耐え続けた。


孤独でもつらくても、人を傷つける事はしない。

機嫌次第で人に当たらない、振り回さない。

父のような人間には、決してならない。

そう決めて、前世の記憶を胸に秘めたまま改めて人生を歩み始める。と、殺伐としていたゲームの内容と少しずつ違ってきている事に戸惑う。

ゲームでは婚約を交わす歳まで数度しか顔を合わせていなかったリオネル様が、あの日ミネットの誕生日の祝いに別邸へ来てくれていた。

おかしいと思いながらも、転生というイレギュラーのせいで歪みが出ているのかもしれないと考える。

あれからリオネル様は傷が癒えるまで何度もお見舞いに来て下さって、ほんの少し、わずか数ミリ肩に残った赤い傷跡の責任を取りたいと、私との婚約を父に申し出た。

すでに国王からの許可も得ているという。

父はクーロ家から王妃が出ると大喜びし、私は心臓が止まるかと思うくらい驚いた。

リオネル様が私と婚約する。

覚悟はしていたけれど、それはやはりこの世界の強制力が働いていてシナリオ通りに進もうとしている証拠だ。

でもゲームのシナリオでは、婚約に関してリオネル様はノータッチ。話を進めたのは国王様だった。

——やっぱり内容が変わってきている？

リオネル様が私の傷跡を随分と気にしているのを知った時、これは婚約を回避できるのではないかと期待した。ミネットと婚約していない世界線のリオネル様なら、もしかしたら死なない未来があるかもしれない。

傷ものになり、いまだに神託のひとつも受けた事のない神子ごときなどに価値はないと、国王様が密かに思ってくれていたらと考えたけれど。

小さな傷ひとつくらいでは、神子の価値は下がらないらしい。

「ミネット、僕の未来の妻。どうか末長く俺を側に置いて欲しい」

国中からかき集めたのか、真っ赤な薔薇《ばら》が別邸の中庭に敷き詰められていた。まるで夢でも見ているかのようだ。

風が吹くと花弁がふわりと舞い上がり、キラキラと散っていく。

薔薇からの豊潤な香りに包まれて、二十一歳のリオネル様は、十四歳の私に跪《ひざまず》き「うん、と言って欲しい」とねだる。

嬉しさで顔が熱くなるのが、自分でもわかる。

恥ずかしくてそれをどうにか隠したくて、一生懸命手で顔を隠そうとするけれど、上手くいかない。

その様子を見て、リオネル様は目を細める。

その瞳の奥に、仄暗さを含んでいるのも知っている。

このシチュエーションでは首を縦に振らないと、次の瞬間には私の首が赤い花弁と一緒に飛ぶだろう。

自分のものにならないなら、誰かに取られる前に監禁するか殺してしまう。

そういう容赦のない残虐性も、彼は持ち合わせていた。

これはもう、潔く頷《うなず》くしかない。

新たな可能性を秘めた儚い希望を捨てるのは勇気がいるけれど、今死ぬ訳にはいかないのだ。

しかし正直、罪悪感を嬉しい気持ちが上回りそうで困ってしまう。

ごめんなさい。婚約をしたらリオネル様の死亡フラグが立つ確率が、ぐんと上がってしまうのに。

リオネル様の気持ちは、ヒロインが現れたらあっという間に鮮烈に奪われてしまう。

それまで――。ほんのひと時だけ、その優しい眼差しを私に下さい。

不器用に顔を隠していた手をどけて、まっすぐにリオネル様を見た。

リオネル様が好んでつけられる、薄紫色の宝石を使った装飾品がきらりと光る。

微笑んで、私が照れる様子を楽しむように見つめている。

……眩しい、神々しさが過ぎる。

「はい、よろしくお願いします……？」

「ふふ、どうして疑問形なんだい？」

プロポーズを受ける正式なお作法なんてまだ知らない。

「ああ、今日は最高の日だ！」

「きゃっ！」

リオネル様は私をひょいっと抱き上げると、その場でくるくるとダンスでもするように嬉しそうに回った。

その翌月から城から教育係がやってきて、本格的にお妃教育が始まった。

それから毎年この日に、リオネル様は別邸の中庭を薔薇の切り花で埋めてくれた。


十六歳の年は、二人で小さな薔薇の木を中庭に植えた。

生まれて初めての慣れない土いじりをしていると、しゃがんだ視線がいつもの半分以下で、隣にはリオネル様がいて。

私達がもし平民だったら、二人で野菜や花を育てながらパンを分け合う生活があったのかもしれない。

そんなのは夢で想像で、これから先もあり得ない事はちゃんとわかっている。

額にうっすら汗が浮くリオネル様の横顔を見つめていたら、気付いた彼からそっと静かに唇が合わせられた。

微かに触れるだけだったけれど、これが私のファーストキスになった。

驚いて尻もちをついた事は、今思い出しても恥ずかしくなる。

そうして時々、誰の視線もない場所で手を繋ぎ、唇を軽く重ねる。

一度、二度と、まるで小鳥の羽に口付けるように優しいもので。

そのたびに幸せで仕方がなくて、ちょっぴり涙が出た。


十八歳の誕生日の前の晩は、眠る事ができなかった。

心臓が苦しくて、気分が悪くなる。

目を閉じるとリオネル様の顔ばかり浮かんでしまうので、私は薄暗い中でずっと天蓋を睨むように見ていた。

日付けが変わったら、今のあり余る幸福が水が流れていくようにこの手からするすると零れていくだろう。

拳を握りしめたって、それは二度と戻らない。

私は知っている。

その通りになる事を、自分が望んでいる。

深い夜が、長いトンネルを抜けるように朝へ向かう。

窓辺からは薄く白い光が差し込み始めた。

餌《えさ》を探しにねぐらから飛び立つ前の小鳥のさえずり、給餌を待ち切れない馬の嘶《いなな》きが微かに聞こえてくる。

私は結局、あのまま一睡もできないまま朝を迎えてしまった。

心は妙に、風のない海のように静かに凪《な》いでいた。

泣いても笑っても、歯車を一度嚙み合わせた運命はゆっくりと確実に動きだす。そうなったらもう、誰にも止められないんだ。

止められないなら、変えていくしかない。

ゲームの強制力を逆に利用して、無理にでもリオネル様とヒロインがハッピーエンドを迎えるルートに乗せてやる。

「いよいよその時が来たわ……まずは無事に今日まで生きてきた私。偉かったね」

馬に蹴られて以降は病気にも事故にも遭わず、今日まで生きてきた自分を褒《ほ》める。

「あと少し頑張れば、リオネル様を助けられる」

身を起こし、膝を抱える。

私がリオネル様推しになった理由。

それは悪役令嬢ミネットに、わずかな同情心を持っていたところだった。

ヒロインとのルートに入らなかったリオネル様はミネットに、結婚前夜こんな事を言う。

『ここで、揺るがない自分の居場所を一から作ればいい』

幼い頃から別邸へ閉じ込められ、家族に愛されず政治の道具としてしか見てもらえなかったミネット。

寂しさから歪んでいくのを、誰もが止めなかった。

そんなミネットに、自分の隣で新たな居場所を作れと言ったのはリオネル様だった。

妃として、将来の国母として。これからミネットが与えられる重責は計り知れないけれど、そこは唯一無二の居場所になる。

二人の間に愛はなく、責務からの言葉だったかもしれないけれど、私の胸の深く柔らかな場所にそのエピソードは刺さった。

しかしこの台詞が出るルートでは、二人の将来はなく、隣国と戦争になり捕らえられ、揃って処刑されてしまうのだ。

私は、ミネットが好きだ。

破天荒で性悪で、やるとなったら徹底的。敵も多いし、皆ミネットを怖がり避けて嫌っていた。

けれど憎めないのだ。

ミネットは悔しくても、苦しくても誰にも涙は見せない。

寂しさを吐露する訳でもなく、ただ表情を消して遠くを見つめている。

最期はお茶会でヒロインとリオネル様を巻き込んで心中をはかるのだけど、ミネットは自分のお茶の注がれたカップに、より多くの毒を入れる。

いざ口をつけた時、ミネットが柔らかな安堵《あんど》の表情を浮かべた事で、ヒロインは何かを察知し心中を阻止する。

ミネットは一人だけ、苦しみで床をのたうち回り死んでしまうのだ。

冷たいが振る舞いは優雅で、美しくて。誰も寄せつけない人形のような美貌を苦悶の表情で激しく歪めて。

壮絶な死に際で、ミネットは何を思ったのだろう。

全てを自分の手で終わらせる事で、救われたかったのだろうか。

その描写に、プレイヤーである私は酷く胸を打たれた。

ヒロインとリオネル様、二人を殺してミネットは逃げてしまえばいいのにと、一瞬でも思ってしまった。

「どのくらい苦しいのだろう、まだ想像もできないや」

膝に顔をうずめて、これから訪れるその瞬間を想像して鼻の奥がつんと痛くなった。

そうしているうちに侍女がやってきて、朝の身支度が始まった。

「お嬢様。今日はお誕生日ですから、いつもより念入りに支度させて頂きますね」

侍女はそう言って、朝の洗顔を済ませた私をドレッサーの前に座らせた。

髪をひと房ずつ手に取り、丁寧に梳《と》いてくれる。

人が嫌がる事はしない。そういう当たり前の生活を心がけた事で、この別邸での使用人との関係は良好に築けている。

本物の家族よりも顔を合わせているので、私にしたら使用人の皆の方が家族に見えてしまう。

先日、姉が貴族の男性と結婚をするというので、挨拶《あいさつ》をするようにと父に本宅へ呼びつけられた。

相手方はクーロ家と同じ力を持つ貴族の名家で、実のところは私を花嫁に欲しかったと、空気を読まない台詞《せりふ》を冗談のように言ってのけた。

父と貴族は機嫌よく大笑いしていたが、姉の顔は悔しさと怒りを滲《にじ》ませていた。

貴族の娘である以上、政略結婚は普通だ。

姉もそれを承知で結婚の申し込みを受けたのだろう。

姉が怒っている理由は『妹の代替品』だと、私の前ではっきりと言われた事だと予想できる。

妹の代替品として嫁がされる姉は、お別れの最後まで私とは口をきいてくれなかった。

姉と最後に会話したのは、いつだっただろう。

とうとう思い出せないまま、同じテーブルで食事をする事もなく本宅を追い出されるように帰路についた。

それを思い出すと、今私の髪を梳いてくれている侍女の方が、よっぽど家族らしい会話を交わしている。

天気や流行、街の様子や体調の事。たわいもない内容だけど、さらりとそんな話をする時間も今は愛おしい。

「本日はリオネル王太子様から、ミネットお嬢様宛にプレゼントが届いていますよ」

「こんなに早くに？」

「ええ。朝一番、牛乳の配達屋よりも早く仕立て屋が馬車でやってきました。今お持ちしますね」

侍女は部屋の外に控えていたメイドを呼んで、大きなリボンがついた箱を持ってこさせた。

「もう、開けてもいいのかしら」

「いいんじゃないでしょうか。朝の身支度に間に合うようにと、届けさせたのだと思います」

にっこり笑う侍女に見守られながら、リボンを解いていく。

箱の蓋をそうっと持ち上げると、そこには……。

「……これはシルクのドレスだわ。それにこの刺繍《ししゅう》の細やかさ！」

光沢を帯びる薄紫色のつるりとした肌触り、細密で美しく施された総刺繍に思わず感激の声を上げてしまう。

豊かに布地を使われた、たっぷりとしたドレープが、エレガントな雰囲気を演出している。

どれだけの人数のお針子達が、このドレスの制作に携わったのか……そう思わせるくらい、ひと針ひと針に熱量が込められた素晴らしいドレスだった。

「こんなに素敵なドレス、私が着てもいいのかしら」

「お嬢様、むしろミネットお嬢様以外のどなたが着るんですか？　さぁ、今日はこちらのドレスを着てリオネル様をお迎えしましょう」

今日の私の誕生日を祝う為にリオネル様が別邸へ来て下さると、だいぶ前から連絡を頂いていたのだ。

「そうね、ありがたく思わなくちゃね。じゃあ、ドレスに負けないくらい綺麗にしてもらわなくちゃ」

ぴんと背筋を伸ばして微笑むと、侍女は喜んで支度に取り掛かってくれた。


リオネル様が贈って下さったドレスを身にまとい到着を出迎えると、その場にいる人達から一斉に視線が注がれる。

侍女渾身のメイクやヘアアレンジ。それに何より、このドレスの存在感がそうさせているのだろう。

腰まではラインに沿った作り、そこからは裾にかけての贅沢なドレープ。夜の帳《とばり》の始まりの色で染めたような色合いで、シルク同士が擦れるたびに、星の煌めきが足元に散って私を照らしているようだ。

リオネル様だけでなく、お供である王室騎士団員からの視線も釘付けだ。

それほど頂いたドレスが素敵だという事で、きちんと着こなせているのか不安な気持ちが私の背筋を伸ばす。

自信がない時ほど胸を張れ。一人反省会はベッドの中で、だ。

騎士団員の中に、ゲームでの攻略対象の一人でもある、騎士のレオン様を初めて見つけた。

今日から王太子付きの騎士団に配属になったのだろう。

精悍で恐ろしいほど整った顔立ち、まっすぐな忠誠心と剣の腕前から、将来の騎士団長だと言われている。

無口で愛想はないけれど、実は優しい人物だ。

だけどその鮮血に似た赤い目を、子供の頃に気味悪がられた事が密かに彼のコンプレックスとなっていた。

普段はなるたけ目の色が見えないように、黒く長い前髪で隠している。

彼は、わがままで贅沢三昧のミネットを、心の底から毛嫌いしている節もある。

ふと目が合うと前髪を揺らして慌ててそらし、そっぽを向いてしまった。

まだ何もしていない、初対面のうちからこの嫌われようか。

いいわ、ヒロインは絶対にレオン様に渡す訳にはいかない。私達は敵同士、闘志に火がつく。

「……ミネット」

はっと気付くと、リオネル様が私の手を取っていた。レオン様に気を取られていて、目の前に立たれた事に全く気付かなかった。

「リオネル様、本日はお越し頂きありがとうございま……す⁉」

慌ててその場を取り繕《つくろ》おうとした瞬間、いきなり身体がふわっと浮いたと思ったら抱き上げられていた。

「きゃあっ！」

突然で驚いてしまい、咄嗟《とっさ》に思わず逞しい首元に抱きついてしまった。

「僕はこのまま、ミネットと中庭を散歩してから戻るよ。せっかくの二人きりなのだから、邪魔はしないようにね」

顔は笑っているのに、レオン様に向ける視線は驚くほど冷たい。

それを見ている皆も顔から汗を噴き出して、コクコクと頷いている。

レオン様も、首がもげてしまいそうなほど強く頷いている。

「り、リオネル様⁉」

「さぁ、可愛いミネット。君の誕生日を僕にお祝いさせて？」

ニコッとリオネル様が私に笑い、歩きだす。

ざっと騎士団員も道を開けるようによけてくれたけど、顔が皆揃って真っ青だ。

「あ、あのっ、騎士団員の方々のお顔の色が悪いようですが……」

「ああ、城に帰ったらきつい鍛錬が待っているから、それを想像してしまったんだろうね。仕方がないんだ、僕のものに見とれたりするから……」

「それは、リオネル様が直接鍛錬の指導をされるのですか？」

「うん、僕もいざという時には戦場へ出るからね。騎士団を率いるのには、それなりの実力がなきゃ認めてもらえない。だから頑張ってるんだよ」

確かに、リオネル様は実践的な剣術習得にも熱心に取り組まれていた。

乙女ゲームのセンター的な攻略対象を体現するかのごとく、今では本当に騎士団を率いる団長と互角の腕前を身につけてしまった。

それは決してゲームの強制力やチートなんかではなく、リオネル様自身の努力の賜物だと、目立たない切り傷や手の平の剣ダコが物語っている。

それに……。

「あの、自分で歩けます。もう私も子供じゃありませんっ！」

「わかってるよ……凄く綺麗になった。ミネットが成長していくのを一番近くで見ていたのは、僕だ」

「でも、私重いです。それに恥ずかしい」

「どうしてさ。僕が頼りないかい？　君の隣に立つのに相応《ふさわ》しくあるよう、鍛えてもいるんだけどな」

婚約を交わした頃より、リオネル様の体つきは逞しく頼りがいあるものになっていた。次期国王に相応しい、強くて聡明で麗しく、国中の乙女達の憧れの的だ。

「それはわかっています。より素敵になられて、令嬢達はリオネル様に夢中だと噂で聞いています……」

「誰だい？　そんなつまらない話をミネットに聞かせた奴は。僕は君以外の女性には興味はないよ、いくら騒がれたってね」

ちゅ、と軽く頰にキスをされる。

いつまでもスキンシップに慣れず、真っ赤になってしまう私を「可愛い」とリオネル様は笑う。

この季節。中庭は数え切れないほどの薔薇が咲き誇り、美しい深紅の洪水を起こしていた。最初にリオネル様と一緒に植えた薔薇と同じ品種が、その後数年に渡り何株も植えられた。

その方が賑やかになるからという理由で、父も別邸の中庭がリオネル様の指示で変えられていくのを構わないでいた。

庭師の日々丁寧な世話で薔薇達は元気に育ち、緑だった茎はしっかり樹木化して大輪の花を咲かせてくれるようになった。お茶を楽しむ為に建てられたガゼボから薔薇が楽しめるよう、中庭はすっかり薔薇園のようになっていた。

リオネル様は薔薇の小路を抜け、ガゼボの中で私を自分の膝の上にひょいっと座らせた。驚いた。

七歳も年の差があり、今までも子供扱いされてはいたが、膝になんて座らせられた事はない。ドレス越しのお尻から、リオネル様の筋肉質な……そこまで感じ取れる太腿《ふともも》の質感が伝わってきて焦ってしまう。

「リオネル様のお膝になんて座れません！　下ります」

「だーめ。ミネットはここに座っててよ」

腰に強く手が回され、身動きが取れなくなってしまった。

リオネル様の気まぐれな行動に、私一人だけ意識してしまうのが猛烈に恥ずかしい。

「わ、私はもう子供ではないので……っ」

「うん。子供じゃないからだよ。ミネットが今日の誕生日を迎える事を……心待ちにしていた」

膝に座らされている私を下から見上げるようにして、近距離で囁かれる。

その掠《かす》れた、やっとという気持ちを打ち明けるような言葉にドキリとする。

今まで私に触れる時、リオネル様は余裕を持った表情で壊れ物でも扱うかのようだった。

だけど目の前のそれは、いつもとは違う。

揺れる瞳には、今まで見せなかった欲を滲ませている。腰に触れる指先にまでそれを感じ取れて、堪らずに身を捩《よじ》ってしまった。

「……だめ、逃げないで。僕の側にいて」

「あっ、でも」

「ほら、この庭もやっとあの場所に近い姿になってきたから……見て、ミネットは覚えてる？」

ほら、とリオネル様に促されて周囲を見回す。

爽やかな陽光を受けて、薔薇や葉がキラキラと輝く。沢山の薔薇が整然と並んでいて、まるでどこかの薔薇園のような……。

その風景に、一瞬ここではない、どこかを思い出しそうになった。

それはとても大事な事で、今この瞬間に思い出さなきゃいけないと本能が感じている。

「……薔薇園……ここよりも、もっと広い……？」

思ったままを、呟いてみる。

「僕の希望でミネットの妃教育はここで受けてもらっているけど、城へ来たらすぐに思い出すと思うんだ」

私は目を閉じて遠い記憶を辿ってみる。断片的な映像が、次第に頭に浮かんできた——。

ひとつひとつが手毬《てまり》ほどの大きな赤い薔薇、今よりもっと地面が近くて、見上げた空は葉で覆い尽くされそうで……。

その先で、誰かが身を隠すみたいにうずくまっていて。

私にはそれがとても悲しそうに見えて、勇気を出して近付いてみた。

自分のように、こっそりと泣いている人を放ってはおけなかったのだ。

顔を上げたその人の瞳は……そうだ、目の前のリオネル様の瞳にそっくりな、空と緑の大地が溶け合った色をしていたんだ。

あの場所は、城の中庭で……。

その日はご病気で若くして急逝された、王妃様の葬儀が執り行われていたんだった。

私も参列の為に父に連れていかれたけれど、多くの人の視線が怖くなって、やみくもに走って中庭に逃げ出して……。

そこで、一人ひっそりと泣いていたリオネル様に出会った。

あれ……？

ここで、微かに違和感を覚えた。

「……どうだろう、思い出したかな？　僕達が出会った薔薇園にそっくりだろう？　ここから目に見える花は全部、城の薔薇の挿し木から育てさせたものなんだよ」

私は確か、四歳。リオネル様は十一歳だった。

王子様でも、お母様が亡くなるのは寂しいものなのだと、震える背中からわかった。

私は、彼の黒い正服の裾についてしまった土を手で払った。

リオネル様は驚いて顔を上げ、泣いて赤くなった目でふわっと私に微笑んだんだ。

「ミネットと初めて薔薇園で出会った時、母様を連れていく天使かと思ったんだ。だけど、それは違った。君は絶望する僕に天が遣わせた、僕だけの天使だ」

ふわりと、微かに唇が合わせせられる。

いつもなら一度だけ軽く終わるキスが、今日は違った。再び合わせせられた唇が、二度、三度と重ねられた。驚いているうちに、唇を舌で舐《な》められる。

「……んっ、くすぐったい……です」

「ああ、なんて可愛らしいんだ。ミネット、君は天使から女神に成長したんだね。僕が贈ったドレス、とても似合ってるよ」

顔を熱くしてぼうっとする私とは違い、優雅ににっこりと微笑むリオネル様の、満足そうに細められた目。

それを見つめ返して、思い出した――。

……ゲームのミネットは、行っていない。

『私の夜は終わらない』では、回想シーンではあるが、王妃様の葬儀の日の様子がリオネル様によって思い出される場面があった。

中庭に、ミネットは行っていない。

ミネットはリオネル様を遠くに見つけながらも、廟《びょう》に引き返していた。

今まで感じていた、ゲームとの誤差。違和感。

点と線がおぼろげながら私の中で繋がっていく。

もしかして……。

――薔薇園で私がリオネル様に会ってしまったから、物語が変化してしまっている？

「僕は天使の為に、初めて会ったあの薔薇園を再現したかったんだ。ミネットをずっとここに、誰にも見せずに……閉じ込めてしまいたいくらいだよ」

リオネル様は、私をまた抱き上げてガゼボを出る。

「ミネット、十八歳おめでとう。僕の愛おしい未来の妻……君の身体も全て、早く僕のものにしたい」

凛としたリオネル様の通る声。

私は頭が真っ白になってしまって、泣き笑いのようなくちゃくちゃな顔になってしまった。


誕生日の数日後。一通の知らせが届いた。

近いうちに行儀見習いとして、男爵家の令嬢を別邸へ向かわせる。侍女として迎えるように、という本宅からの知らせだった。

遂に、やってくる。

全ての運命を塗り替えるヒロイン、アニエス・アンリの登場が予告されたのだった。

二章

『私の夜は終わらない』のヒロインであるアニエス・アンリは、男爵であるアニエスの父が平民の愛人に産ませた子供だった。

正妻やその子供から疎まれいじめられ、そこから脱出する為にクーロ家に侍女としてやってきた。

「初めまして。アニエス・アンリと申します」

私にお辞儀をする彼女の、豊かで艶やかな黒髪がサラサラと流れていく。

この別邸を取り仕切る執事に案内されて、私の待つ応接間へ挨拶にやってきた。

「……初めまして。私はミネット・クーロよ」

顔を上げたアニエスは私の姿を見て少しだけ驚いた様子だったけれど、すぐにすっと表情を戻した。

珍しい薄い紫色の瞳や髪を、アニエスは初めて見たのかもしれない。

けれど興味の色を綺麗に表情から消して、次の言葉を待つように口をつぐんでいる。

画面越しではない、正真正銘の本物のヒロインを私は遠慮なくじっと見る。

アニエスの黒髪によく合った碧色の瞳。

長いまつ毛が縁どっているからか、より大きく印象的な瞳に見える。

すらりとした身体に、白く透き通った肌。

着ているドレスは簡素な物だけれど、私のドレスを着てここに座れば、クーロ家の令嬢だと言っても差し支えないほどの美貌と落ち着きだ。

私に見つめられても、表情を崩さない。

視線が離せない、自然に人を引きつける引力を持っている。

芳しい花に顔を近付けたくなるように。瞬く星をつい見上げるように。

そこに難しい理屈なんて存在しない、ただ自然にこの女の子に意識や視線が向いてしまう。

ああ、本当の、この物語の特別な主人公だ。

婚約者がすでにいる王太子と、その婚約者の侍女として密かに禁断の恋に落ちる女の子。

それがアニエス・アンリだ。

「アニエスには、明後日から私付きの侍女になってもらいます。今の侍女と二人体制になるけれど、彼女はもう少ししたらお見合いの為に自分の家の領地へ帰ってしまうの」

今の侍女も、行儀見習いとしてやってきた貴族の娘だ。

クーロ伯爵のもとで行儀見習いをする事は、令嬢達の間ではちょっとしたステータスになるらしい。

貴族間の婚姻はほぼ、政略結婚だ。そうなると、いかに自分を高く売り込むかが大事になってくる。

そこで、この国の宰相であるクーロ伯爵の邸宅で侍女として行儀見習いした経験は、とんでもない付加価値になってくるのだ。

けれど、クーロ家も常時侍女を募集している訳ではない。

強いコネとチャンスがなければ、こうしてクーロ家に関わる機会はないのだ。

男爵がどういう伝手《つて》を使ってアニエスをクーロ家に寄越したのかは知らないし、ゲームでもそこには触れていなかった。

だけど、アニエスはしっかり紹介状を携えてやってきた。

「そうなると、次の侍女が来るまでは身の回りの事をアニエスにお願いしてしまうけれど……宜しくね。私はあまり何人も侍女を側に置きたくなくて」

「はい。しっかり働かせて頂きます」

アニエスの気持ちのいい返事に、執事も隣で頷いている。

私は執事に言った。

「じゃあ、アニエスに屋敷を案内して、皆にも紹介してあげて。あと……中庭には入らないようにもちゃんと伝えておいてね。あそこはプライベートな場所だから」

リオネル様が私の為に城の中庭を模して作ったその場所に、私はアニエスに入って欲しくなかった。

これから私が欲しかったものを全部手に入れていく彼女に対する、子供っぽいささやかな反抗だ。

実際に他人が中庭に立ち入るのをリオネル様が嫌がるので、普段は庭師と私しか入らないようになったのも理由のひとつだ。

『中庭』と聞いたアニエスが窓の方を見る。

そのすっと鼻筋の通った白い横顔。

これから始まるアニエスの為の物語を思って、胸がきゅうっと締めつけられた。

執事と一緒に、アニエスが部屋を出ていった。

私は扉が完全に閉まったのをしっかり見届けてから、大きなため息をつく。

アニエス、本物は画面越しの何倍も可愛くて綺麗だった。

あんな子、皆が好きになるに決まってる。

リオネル様も……うん、そうなってもらわなくちゃ困るんだから。

じわ、と熱く浮かんできた涙が流れる前に、勢いよく指で拭う。

もう一度、胸のもやもやを全部吐き出すように息を吐く。

「……センチメンタルに浸ってる場合じゃないわ」

私は一人自分に言い聞かせるように声に出したあと、急いで自分の部屋へ戻った。


別邸も本宅も、大体のこの世界の貴族の屋敷は、一階に人に会う為の部屋がいくつもあり、二階はプライベートな空間になっている。

一階には応接間、娯楽室、図書室に晩餐室がある。本宅だと大広間を使ってちょっとした舞踏会が開かれる。

二階には書斎や図書室、私の部屋とゲストルームが何室か。衣装部屋と、父と母、それぞれの寝室があるが何年も使われていない。

使用人達の部屋は敷地内の別棟にあり、そこから通ってきてくれている。

もちろんアニエスにも、別棟にひと部屋用意した。執事の話によると、今までうちに来た侍女の誰よりも少ない荷物でやってきたという。

「……そう。もし困った事がありそうだったら、話を聞いてあげてね」

これはアニエスだけを贔屓《ひいき》するものではない。私は普段から、うちで働く使用人皆を気に掛けて欲しいと執事に言っている。

『ミネットの死後、クーロ家は国王から爵位を剝奪された』

王太子を巻き込んだ心中をはかった私の死後のゲームテキストでは、このたった一文だけでクーロ家の結末が示されていた。

ここで働く者皆が、これから遠くない未来に職を突然失うだろう。

ゲームでは、私はリオネル様とアニエスを巻き込んで心中をはかる。

王太子殺害未遂を犯したミネットの家、クーロ家は国王の怒りに触れ、即座に取り潰しとなった。

もし私がリオネル様を巻き込まずに、一人別の場所で自死したとしても、ゲームの強制力が働けば何かしらの理由がつけられてクーロ家は同じ運命を辿る可能性がある。

老若男女揃って元気で礼儀正しく優しい人達が、私の勝手で近い将来に職を失ってしまうかもしれない。

その時までは悩み事もなく気持ちよく働いてもらいたいし、その後もしばらくはちゃんと生活ができるようにさせてあげたい。

だから、執事に『神子の私はそう長生きはできないから』と理由をつけ、私の死後に個人的なお礼として、私の財産をこっそり使用人達に分け与えて欲しいとお願いしている。

初老の執事は心強い返事をしてくれた。私が死んでクーロ家が取り潰しになっても、優秀な彼になら、あとの事を任せられる。

こんな風にこっそり思っているのも、皆には秘密だ。


アニエスが屋敷にやってきてから二週間が経った。

聡明な彼女はあっという間に屋敷での仕事を覚えて、使用人との関係も良好に築いていっている。

私付きの侍女に仕事を教えてもらいながら、自分でも色々と勉強しているようだ。

この頃、国王が体調を崩されてリオネル様が代わって政務を行なっていたので、誕生日からお会いする事ができていなかった。

ただ、これは想定内だ。何せアニエスとリオネル様が初めて出会うのは来月の城での舞踏会で、今このタイミングではないのだ。

それに、この一ヶ月は非常に大事な時期だった。

乙女ゲームらしく、攻略対象達がアニエスに初めて出会う期間でもある。

そこでうっかりフラグが立ち、リオネル様ルート以外へ物語が進まないよう私がアニエスを守らなくちゃいけない。

そう、まさに今日。

アニエスが初めて一人で街へ行く事になり、そこでランダムでリオネル様以外の攻略対象に出会うイベントが発生するのだ。

今日のこの日、アニエスはミネットのお気に入りのティーカップを割り、同じ物を買ってくるようにとキツく言いつけられる。

朝食を済ませたあと。ワゴンにポットとティーカップを載せて、アニエスが部屋にやってきた。

「今日もいい天気になりそうですね。午後のお茶の時間には、初摘みの木苺を使ったケーキを焼くとコックが張り切っていましたよ」

豊かな黒髪をすっきりとひとつに結び、流れる手つきでお茶を入れる姿もすっかり様になってきている。

開けた窓から吹いてきた爽やかな風が、アニエスの切り揃えられた前髪をふわりと揺らしている。

「午後はアニエスに茶葉の選択を任せるわ、ケーキに合うのをお願いね」

「はい。かしこまりました」

アニエスはにっこり笑って答えてくれる。

その手が添えられたティーカップは、特別に職人に作らせた物で、簡単に街で買える物ではないのだ。

同じ物を買ってこいだなんて、ミネットは無理難題を言って……。ミネットなりにアニエスに何かを感じて、偽物の神子である自分から遠ざけたかったんだろうか。

例えば、正体不明の劣等感や惨めさ……とか。

蒸らす時間が終わり、アニエスがティーポットを持ち上げる。

私はその文句のつけようのない所作を見ながら、実はさっきから心臓がドキドキしていた。

ティーカップを割ったアニエスは、額を床に擦りつける勢いで謝るのだ。

それを知っているから、そんな姿を見たくない気持ちでいっぱいになってくる。

さっきから汗が止まらないし、顔も笑えなくて変な表情になってしまう。

昨夜は一晩中、『同じ物を買ってらっしゃい！』と言う練習を脳内で繰り返した。

行かせたくはないけれど、行かせなかった事で物語がまた変化するのは避けたい。

誰かに会っても、スルーすればいくつかはフラグが折れる。

緊張が最高潮を迎え、目が回りそうだ。

「熱いうちに、どうぞ」

湯気のたつ飴色の紅茶を注がれたティーカップが、テーブルに静かに置かれた。

んん？　割るなら今のタイミングだと思っていたのだけど、違ったのかな？

「あ、ありがとう」

怪しまれないようにと、ソーサーに手を添えてティーカップを音を立てないよう持ち上げる。

すぐに手が小さく震え始めて、自分が物凄く緊張しているのを実感してしまう。

意識をするとますます収まらなくなり、熱い紅茶がカップの中で波打つ。

だめだ、このままでは気付かれて不審に思われる。

そうっとソーサーにカップを戻そうとした瞬間、手から滑り落ちてしまった。

ガチャン！　と陶器同士がぶつかる音が響く。

驚いて、頭も身体もフリーズしてしまう。

「お嬢様！　大丈夫ですかっ!?」

アニエスは、慌てて私の前に身を乗り出している。

はっと気付いて、その行動の意味を目の当《ま》たりにする。

零れた熱い紅茶が私に掛からないように、アニエスは素手でテーブルから垂れそうな紅茶を止めていてくれていた。

アニエスではなく、私がティーカップを割ってしまっていた。

「……あ、アニエス！　火傷《やけど》しちゃう、早く冷やさなきゃ！」

「……お嬢様は、大丈夫でしたか？」

アニエスが咄嗟に取ってくれた行動のおかげで、私には紅茶は掛からなかった。

「アニエスが庇《かば》ってくれたから、私は何ともないわ。ごめんなさい、ぼうっとしてしまって……」

紅茶で濡れた手をナプキンですぐに拭いてあげると、白かった指や手のひらがうっすら赤くなってしまっていた。

「すぐ人を呼ぶから、待ってて」

「このくらいなら、私は平気ですよ。それよりもお嬢様のドレスが汚れてしまいます」

ドレスなんて、今は二の次だ。

私は部屋から飛び出して、広く長い廊下の先に向かって、ここ数年で一番大きな声を出した。

「お願い、誰か、誰か来てー！」

すぐに使用人が何事かと飛んできてくれて、アニエスを手当てするのに連れていってくれた。

執事は私が大きな声を出したので驚いていた。私も、自分がこんなにも大きな声を出せるなんてびっくりした。

お互いに、見た事がない表情で見つめ合う。

令嬢らしくないと酷く叱られるかと思ったけれど、お小言だけで済んだのは予想外だった。

さっと片付けが済み、その間にもう一人の侍女に着替えさせてもらうと、一気に身体の力が抜けた。

「うう……」

一人になった部屋で、テーブルに突っ伏して声にならない呻き声を漏らす。

アニエスに火傷させてしまったかもしれない。

傷つけるつもりなんてなかったのに。あの白い手に、傷が残ってしまったらと考えると苦しくなる。

ティーカップを割ったのが私になってしまったのは予想外だったけれど、アニエスにトラブルが起きる事を知っていたのにそれを黙って……イベントが起きるのを待っていた。

それって、非情だ。

それから私の勝手で、アニエスのこれからの将来を決めてしまうのを申し訳なく思ってしまう。

「全部、私の勝手なんだよね……」

だけど、リオネル様と結婚したアニエスも幸せになれる。

大丈夫、国民にお祝いされて、この国の将来の王妃様として皆に大切にしてもらえるから。

落ち込むな。自分勝手な事をするのだから、気を落とす資格は私にはない。

それまで、いくらかはアニエスが困らないように、所作やマナー、着る物も私がしっかりサポートしてあげるんだ。

そう考えを巡らせていると、部屋の扉が軽くノックされた。

「お嬢様、アニエスです」

「手当てが終わったのね、入って」

扉が開く前に、しゃんと背筋を伸ばす。

部屋に入ってきたアニエスの手には、軽く包帯が巻かれていた。

「こっちに来て近くで見せて……やっぱり、火傷になってしまったのね」

「いえ！　大した事はありませんでした。こうして巻いておくと赤みが引くと、薬草の入った軟膏を塗ってもらいましたので」

明日には包帯は取れますと、着替えも済ませたアニエスは微笑んだ。

「お嬢様、とても落ち込んでいるように見えます。先ほど割れてしまったティーカップは、よほどお気に入りだったのですね」

違う、私が気落ちしているのは、アニエスに火傷を負わせてしまったからだ。

そうじゃないと言いたいのに、上手く言葉が出てこない。

そんな私を気遣ってか、優しい声で、ある提案をしてくれた。

「よかったら、同じ物は難しいかもしれませんが……午後にでも私が街で似たティーセットを探してきましょうか？」

「ま、街で⁉」

パッと顔を上げた私に、少しだけアニエスが驚いた顔をしている。

「はい。何件か茶器を扱うお店を見て回ってみようかと……」

「私も、私も一緒に行くわ！」

今日アニエスを一人で街へ行かせる訳にはいかない。

「でも、あの……こんな事を言っては失礼だと思うのですが、お嬢様は外出を禁止されていると伺っていますが、大丈夫なのですか？」

アニエスは言いづらそうに、そう執事から聞いていると話してくれた。

そう。私は外出を禁じられている。

ゲームのミネットも勝手な外出は禁じられていたのに、変装したり屋敷をこっそり抜け出したりして、買い物三昧。舞踏会にも着飾って出掛けていくのが好きで、使用人達に多大な心配と迷惑を掛けていた。

だけど私の場合は、リオネル様との婚約が決まった年からその掟に従っている。

外出禁止の理由としては、まずこの容姿だ。

偽物神子と知らない輩にお金目当てで誘拐されたり、傷つけられたりしないようにする為。

ゲームのミネットだって危険な目に遭いそうだけど、上手く乗り切っていたのだろう。

十八歳の誕生日からは、騎士団が交代で二人組になって別邸の警護についている。

これはリオネル様の希望だ。

私もずっとここに閉じ込められるように育ってきたので、これが当たり前で異論なんて思いつかない。

それに、ゲームのミネットのように、屋敷を抜け出す度胸もない。

正直、侍女から聞く社交界の恋愛話や悪い噂、ドレスや髪型の流行り廃《すた》りにはついていけなかった。

令嬢だけで集まるお茶会などは、お互いのドレスや宝石などで張り合うのだそうで、そうした交流に疎い私には想像しただけで胃が痛みそうだった。

私の暮らしの中心は別邸の中がほとんどで、社交界や街の様子は侍女から聞いて想像するくらいだ。

そんな引きこもり娘を多少は不憫に思ったからか、それとも体裁が悪いからか。

父はたまに宝石商や仕立て屋を別邸に寄越してきた。私は彼らから買い物をして本を読み、妃教育を受けながら中庭を眺める生活をずっとしている。

街なんて、馬車のガラスの窓越しからしか見た事がない。

以前生きていた世界と、そこが逆転してしまっていた。

「一度くらい、街に行って買い物をしてみたいの。話を聞いてばかりで、実際には馬車から降りた事もないのよ。自分の欲しい物を探して歩き回るってどんな気持ちなのかしらね！」

「なら尚さら、外出はまずいのでは……？」

　これは困ったと、そんな表情を浮かべるアニエスに、私は思い切り腕に力こぶを作ってみせる。

「いつか街へ行く機会があった時の為に、毎日筋トレしてたのよ。筋トレはいいのよ、気持ちが前向きになるんだから」

　アニエスが屋敷にやってきた日から、私はある目的を持って独自に筋トレを始めていた。

「きんとれ……ですか？」

「身体を鍛えていれば、何かあった時も対処ができるでしょう？　街では色々な事が起きるのも、知っているわ」

　そう、『これから起きる事』もね。

「……ほんの少しでいいの、遠くまで行きたいなんて言わないわ。ただ何軒か店を回って、雰囲気を味わってみたいの」

　アニエスが渋るのは理解できる。

　私が街になんて行ったのがバレたら大変な事になる。アニエスも二週間の間に私の立場を知り、それをわかっているのだろう。

　行くなら屋敷の誰にも内緒でだ。

「だめです」

「えっ、そこは折れてくれるところじゃないの⁉」

「折れてあげたいのはやまやまですが、正直申し上げますと……バレた時にここをクビになるのは困ります」

「…………確かに」

てっきり、同情して一緒に連れていってくれるものだと思っていた。

ただリスクを考えると、アニエスの考えは納得いくものだ。雇用主は父で、私ではない。

「なので、ここは真正面から旦那様に、騎士団の方々の護衛付きで外出させてもらえるようお願いをしてはどうでしょう。今日もお二人ほどいらしていますし」

アニエスの提案は通る可能性の低いものだけど、至極真っ当であった。

それに、今日アニエスが街へ行く事はゲームでは絶対的な事なので、この世界の強制力も上手く働くかもしれない。

「アニエス、街へ行くのは私と一緒じゃなきゃ嫌よ。一人で行かないでね？」

「はい、わかりました。アニエスはお嬢様を置いて一人では行きません」

つい、甘えた声が出てしまう自分にちょっと驚く。

アニエスは私と同い年なのに、まるでお姉さんかのような雰囲気がある。

こう、心に色んなものを抱えた人間が縋《すが》りたくなるような、甘やかしてくれるんじゃないかと思ってしまいそうな包容力に溢れているのだ。

アニエスに出会い、自分のものにしたいと強烈に惹かれていく男達の気持ちがわかるような気がした。

私はすぐに執事を呼んで、父に騎士団の警護付きで外出の許可を貰えるように頼んだ。

一度だけ、今日だけ、短時間だけでいいと。

父は今日、たまたま所用で日中は本宅にいるらしい。

この世界の強制力という神の見えない力が、アニエスの行動の為に働いているのを肌で感じる。

その勘は大当たりのようで、『城に上がる前に、市井《しせい》の様子を見る事も必要だ』という理由で許可が下りた。アニエスから提案された、『警護付き』をこちらから提案したのもよかったのだろう。

ただし、リオネル様にバレるのは非常にまずいので、騎士団員には正体を明かさず、侍女のふりをしろという。

強制力が、すでに歪み始めた物語を無理やり進めようとしている。

あの父だったら、リオネル様の怒りに触れそうな事を私にさせるなんて絶対にない。

まして、侍女に護衛をつかせるなんて、そんな不自然極まりない事をさせるのも、本来ならあり得ない。

今日だけです。リオネル様、今日この日だけ勝手をする私を許して下さい。

アニエスと二人でやきもきしながら父からの返答を待っていたので、すっかり目的を忘れてしまいそうになった。

目的は買い物じゃない、アニエスに出会う攻略対象の邪魔をする事だ。なのに、うきうきしてしまう。どうしよう、嬉しい気持ちを止められない。

陽は頭のてっぺんから少し傾いた所で、日暮れまではまだ時間はありそうだ。

「あまり目立ちたくはないのよ、だから髪をカツラで誤魔化しましょう。目の色はどうしようもないから、前髪を長くして隠すわ。服は、アニエスのを借りていい？」

「私のですか？　どうして」

「お父様からの命令で、侍女が二人で買い物する、っていう設定で行くのよ。私がミネットだって騎士団にバレちゃまずいの。だから私を……そうだ、マリーとでも呼んでね」

マリーの名前は、今は田舎で静かに暮らす乳母の名から借りた。

「騎士団が護衛につくような侍女なんて、私は聞いた事がありませんが……ふふ、面白そうですね。マリーさん」

くしゃっとした、少女らしいアニエスの笑顔に釘付けになる。可愛くて綺麗だけど、ふいに笑った顔は普通の女の子だ。

それからの支度は早かった。アニエスと、もう一人の侍女がテキパキと取り掛かってくれたからだ。

アニエスに借りた簡素なドレスは動きやすいけれど、随分長く大切に着てきたのが生地の傷みからわかった。

でも丁寧に繕ってあり、着心地がいい。洗濯したての物を持ってきてくれたのか、洗剤のいい匂いもする。

胸の部分に少し余裕があるのは、アニエスの方が大きいからか。

『私の夜は終わらない』は、大人の乙女ゲームだからアニエスのしなやかな裸もしっかりと画面越しに見ている。

ちら、とアニエスの豊かな胸元を盗み見る。

「比べても仕方がないけど」

「何がですか？」

「ううん、何でもない」

自分の胸をひと撫《な》でして、鏡と向き合った。

栗色のカツラを被り、前髪で目を隠した私は、どこから見ても普通の女の子だった。

黙っていたら、大人しそうなイメージ、アニエスの隣では輪郭がぼんやりとしてしまいそうな子。それが今日の私、マリーだ。

心配して見に来た執事は、私の姿をまじまじと見て「お嬢様から目を離さないように。人に紛れられたら、見つけられないかもしれない」なんてアニエスに言いつけている。

「下に馬車の用意ができたみたいですよ」

「よし、じゃあ素敵なティーカップを探しに行くわよ。あとアニエスのドレスと、皆にお土産もね！」

「お嬢様、何だか買う物が増えています。それに私のドレスって……っ」

アニエスの腕を取り、一階へ意気揚々と下りていく。

玄関ホールを抜けて、いざ街へ行こうと屋敷を出た瞬間に大緊急事態が発生した。

まだ街に出てもいないのに、そこに立っていた――。

攻略対象である、レオン様がだ。

よりによって、今日の警護担当がレオン様だったとは。

アニエスが街でレオン様に初めて出会うイベントでは、アニエスが人攫《さら》いに襲われた所を街を警ら中だったレオン様に助けてもらっていた。

ここで出会っちゃうなんて。いきなり出会いイベントは終わってしまった。

「……なっ、何で」

アニエスは、突然歩みを止めた私を不思議がる。

あとからついてきた執事が改めて、騎士団の二人に説明を始めた。

「先ほどもお話ししましたが、今日はこれからこの二人を警護して頂きます。これはクーロ宰相の命令でもありますので、気を引きしめて死ぬ気で取り組んで下さい」

レオン様も、もう一人の団員も『侍女の買い物になぜ？』と疑問を顔に浮かべた様子で顔を見合わせている。

それはそうだ。この反応は想定内だ。

「今日は、宜しくお願いします」

アニエスが礼儀正しくお辞儀をする横で、私も慌てて頭を下げた。

レオン様が、じっと私を見ている気がする。お互いの前髪が鉄壁のカーテンになっていて見えないけれど、そういう視線をびんびん感じる。

きっと、こんな侍女いたか？　なんて思っているのだろう。

私はアニエスとレオン様がなるたけ接しないように、さっとアニエスを先に馬車へ押し込んだ。

私達を乗せた馬車は、騎士団員の馬を伴ってゆっくりと正門を出ていく。

「さっき、騎士団の方が……お嬢様をじっと見ていました」

「やっぱり？　屋敷の使用人の顔は全員覚えているのかしら？」

「そうかもしれませんね。怪しまれていないといいのですが……」

アニエスの言葉を聞いてちらっと馬車の窓から外を見ると、馬に跨《またが》り馬車と並走するレオン様が見える。

視線に気付いたのか、こちらを見る寸前に私は慌てて下を向いた。

出会いイベントが終わったという事は、人攫いには遭遇しないのだろうか。なら、買い物に全力で挑める！

馬車の外は次第に行き交う人の姿が増え、賑やかになっていく。

色とりどりの果物や野菜を荷台いっぱいに詰んだ馬車とすれ違ったと思ったら、あちらでは店先を埋め尽くすように花が並べられている。

きつね色に焼かれたパンがバスケットいっぱいにいくつも積まれた店があり、あちらには新鮮な肉類が量り売りされている。店の横に設置された囲いの中に、白い生き物が見えた。

「あっ、ニワトリだ。何羽もいるわ」

「あれは、毎朝玉子を産ませる為に飼っているのかもしれないですね」

「アニエスは、ニワトリに触った事がある？」

「ありますよ。昔暮らしていた家では、隣の家のおじいさんが雄鶏を飼っていました」

毎朝、とてつもない声量で鳴くんです。そう笑いながら語るアニエスは、どこか懐かしそうに笑っている。

馬車は市場らしき通りを抜け、仕立て屋や工房などが並ぶまた賑やかなエリアで止まった。

「私がお金を預かっているので、欲しい物があった時には声を掛けて下さい。あと、絶対に側から離れないで下さい。絶対ですよ？」

二回も念押しするその顔は真剣だ。

アニエスにしたら、私から目を離せない、それに騎士団員に私の正体がバレないようにフォローもしないといけない。責任重大だ。

「約束するわ。私はアニエスの側から離れない」

小さな子供が母親とする約束みたいに、誓ってみせる。

外では、側で御者と騎士団員が帰り時間の確認をしている。

「……今日は、短いですが楽しい時間にしましょうね。お嬢様」

馬車を降りる前、騎士団員に聞かれないよう、こっそりとアニエスは私に耳打ちした。

私は何度も、長い前髪が鼻を擦ってくすぐったくなるくらい頷く。

出会いイベントはいきなりのレオン様とのエンカウントで終了したかもしれないけれど、街で買い物をしてみたい。

アニエスのドレスを頼んで、屋敷の皆に何か美味しい物を買って。ティーセットは、今日の記念にアニエスに選んでもらおう。

御者が馬車の扉を開く。

はやる気持ちを抑えて、顔がにやけてしまいそうになるのを我慢しながら一歩を踏み出した。

活気が違う。人の行き交いで空気の流れが違う。

あちこちから沢山の音がして、何よりまず人が多い。皆笑っていたり真顔だったり、一人でいる人もいれば、誰かと連れ立って歩いている人もいる。

ぎっしりと詰まって並んでいる建物に、大小の看板がぶら下がる。

どの店も興味を引くディスプレイ、夢みたいな淡いチュール、折れそうなほど細やかな金細工。

どこからか軽やかな音楽も流れてくるし、風が吹けば花や食べ物の匂いが、乾いた空気に乗って届いてくる。

観光なのか仕入れなのか、またはこれらの店のどこかで働く者なのか。

色んな人が各々の目的があって、この街に集まっているとしたら凄い事だ。

「……ぼうっとして、具合でも悪いのか？」

ひと足先に馬止めに馬を預けてきたレオン様に、ぼそりと声を掛けられてしまった。

『違います』と言葉にしようとし、慌てて呑み込む。万が一、声で私の正体がバレてしまったらまずい。

言葉の代わりにぶんぶんと首を横に振れば、隣でアニエスが「まぁ、馬車に酔ってしまったのね」と私の肩を抱いてレオン様から距離を取った。

私はハンカチを口に当てて、声が漏れないよう小声で話す。

「……アニエス、機転がきくね」

「クビがかかってますから、死ぬ気でやりますよ」

レオン様に声を掛けてくれたお礼に頭を下げると、軽く手を上げて応えてくれた。

それからの買い物は、まるで夢のような時間だった。

誰も私を知らない、どこかの屋敷で働く侍女として接してくる。

働く人からの挨拶に、軽い世間話……は私はついていけないので、アニエスが対応してくれる。

最初に入った店では、割ってしまったティーカップに似ている物はなかった。けれど品揃えが抜群で、私は隅から隅まで並べられたティーセットを眺めた。

声でバレたらよくないので、騎士団員とは友人のふりもできない。ましてや警護されている雰囲気では、余計に目立って注目を浴びてしまう。

なので騎士団員の二人には、買い物中は店外で待ってもらう事になった。

「マリーさん、次へ行きましょう。陽が傾いてきていますよ」

アニエスと二人で会釈をして、次の店へ急ぐ。でも、その店にも目当てのティーセットはなかった。

「このままじゃ、貴重な時間が終わってしまうわ。ティーセットは諦めるから、他の見たい物を探してもいい？」

アニエスは、陽が傾いて柔らかな日差しに変わりつつある空を見上げる。

「そうですね。買い物をしていると、気付かないうちに本当にすぐに時間がなくなってしまいます。ここからは他の行きたいお店に行きましょう」

「不思議ね、楽しい時間が好きな泥棒がいるのかしら。いつもより、時間が過ぎるのをずっと早く感じるわ」

「そういった時間は、もしかしたら宝石みたいにキラキラ輝いているのかもしれませんね。それか、口に含んだら蕩けるほど甘いとか？」

「それなら返して欲しい、切実に。私も楽しい時間を食べてみたいわ」

二人でくすくす笑いながら、そのまま甘い香りに釣られて焼き菓子のお店で山ほどお土産を買った。

最後の目当ては、仕立て屋だ。

屋敷の皆の制服を新調したいし、アニエスの服も今日のお礼にプレゼントしたかった。センスのいい仕立て屋を見つけて、後日屋敷へ採寸に出向いてもらいたい。

そう考えながら歩いていると、ある一軒の店の前でアニエスが足を止めた。

こじんまりとした仕立て屋で、貴族向きというよりは、庶民の大事な節目に奮発して買う物を扱っているような、古きよき雰囲気のあるお店だ。

ショーウィンドウには、初夏に相応しい爽やかな薄い新緑色の動きやすそうなドレスが飾られている。

「……素敵ね、アニエスの瞳の色みたいで似合うと思う」

「ありがとうございます……子供の頃、母が私に作ってくれた服の色に似ていて、びっくりしました」

アニエスのお母さんは病気で亡くなり、独りぼっちになったアニエスをアンリ男爵が引き取っている。

そこに男爵の愛情はなく、アニエスの美しい容姿を利用して爵位の高い家へ嫁がせコネを作る為だった。

慣れない男爵家での生活で、お母さんとの思い出は彼女の心の支えになっていただろう。

「ここにしましょう、私も見てみたい」

「はい。では、騎士団員さん達に時間が掛かるかもしれないと伝えてきます」

少し離れた所から辺りを見回している騎士団の二人の元へ、アニエスが足早に駆け寄っていく。

私はショーウィンドウの側に立って、その光景を見ていた。

もしかしたら、私が記憶を思い出さなければ始まっていたかもしれない、二人の恋。その恋の、始まらない産声に耳を傾ける。

レオン様とアニエス、二人がもしかしたら歩むかもしれなかった未来を私が潰す。

その罰は必ず私が受けるから、ごめんなさい。

いつの間にか、右手を強くきつく握りしめていた――。

アニエスが戻ってきた。

「じゃあ、行きましょうか」

アニエスがお店の扉を開けてくれた。

店内に入ると、壁一面に芯を入れられロール状に巻かれた山ほどの生地が、綺麗に収納されているのが目に飛び込んできた。

トルソーにはショーウィンドウのドレスとはまた違った可愛らしいドレスが飾られていて、作業台の上には道具と縫《ぬ》われている途中であろう生地が載せられている。

手書きの図案が描かれたスケッチブックが開かれている。これが細やかな刺繍デザインの元になるんだろうか。

年季が入り深い飴色になった板張りの床が深くぬらりと輝く様は、長い時間この店がここで営業している事を物語っていた。

ふと、靴の下に違和感を覚えた。そっと足をどけると、縫いつけるビーズがいくつも散らばっていた。

どうしてこんなにいくつも、ビーズが落ちたままになっているのだろう。

「こんにちは、ごめん下さい」

アニエスが店の奥に向かって声を掛ける。私は腰を落として、真珠色の小さなビーズをひとつ拾い上げ、また店内を見回す。

アニエスの呼び掛けに返事はない。

賑やかな外と比べて、やけに静かだ。

風を通す窓は閉められていて、直射日光を遮るレースのカーテンの端が窓枠に挟まっている。

作業台の下に何かが落ちていた。近付いてじっとよく目を凝らすと、それが大きな裁ちバサミの柄だとわかった。

何度も研がれた跡のある裁ちバサミの刃は、まだ凝固の始まっていない、鮮血のようなもので濡れていた。

じわり、と額に汗が浮かんできて、さっき覚えた違和感が確信に変わった。

何かがおかしい。

そう考え始めると、店内の静けさがより異様さを増してくる。

「……アニエス、一旦外へ出ましょう。きっと店主は留守なのよ」

そう言い切るか切らないかの際で、奥からガタンッと物音がした。

二人して顔を見合わせる。アニエスの顔にも、不安が浮かぶ。

早くここから出ないといけない、扉や窓の向こう側の賑やかな場所に戻らなくちゃ。

踵《きびす》を返そうとした時、足音と共に暗い奥の部屋からのっそりと太った大男が出てきた。

「……いらっしゃい」

目に光はなく、埃っぽいシャツをだらしなく着ている。爪の先は真っ黒に汚れていて、歯が何本か欠けてなくなっていた。

私達を舐め回すように見ながら、手を伸ばして近付いてくる。

『いらっしゃい』なんて言ってるけれど。絶対に、この店の人間じゃないとひと目でわかった。

言いようのない不安はぐんっと振り切れて、頭の中で警報がけたたましく響く。

緊張で固まりそうな身体を、無理やりに動かす。

一歩、また一歩後ろに下がる。アニエスも私と同じように、ゆっくりと後ずさりながらドアの方向を振り返った。

いっそ駆け出して逃げてしまいたいけれど、背後から何かされたらと思うと足がすくみ行動に移せないでいた。

「ごめんなさい。急用を思い出したので帰ります」

アニエスの腕を取り、ドアへそのまま向かおうとした瞬間。

「……あっ、や！　放して下さい！」

アニエスが大男に腕を掴まれてしまった。

「急に何!?　放しなさい！」

そう大きな声を出しても、全く怯《ひる》む様子はない。ずるずると、抵抗するアニエスを無言で奥へ引っ張っていこうとする。

アニエスは怯《おび》えながらもその場に踏ん張り、私もその細い身体を抱きしめて止めようとするけれど――。

「やめて！　放して！」

手当たり次第に、その場で掴める物を投げつけてもビクともしない。

トルソーが床に倒れ、ガタンッと不快な音を立てる。

アニエスから離れて、一人で騎士団員を呼びに行く事も一瞬考えた。でもアニエスを一人にした時の、彼女の恐怖を想像すると、この腕を緩める事ができなかった。

「アニエス、私が助けるから！　放せっ放して！」

「お嬢様は逃げて下さい……早く！」

「だめ、絶対に一人にしない……っ」

アニエスに私がしがみついていても、どんどん奥へと引きずられていってしまう。

大男と私達だけしかいない店内は、まるで現実から切り離されたような異様な空間だった。

気持ちの悪くなる男の荒い息遣い、腕の痛みで漏れるアニエスの呻き……。

私は壊れたおもちゃみたいに「放せ！」と繰り返す。

ほんのちょっとでも力を抜いたらこの均衡が崩れ、瞬《まばた》きする間もなく奥の部屋へと連れていかれてしまいそう。

額に浮いた汗が、首筋まで流れだす。

壁一枚向こうの日常と隔たれてしまった、絶望と恐怖。

この状況を変えられるのは、あの人しかいないのに。

こんなに声を荒らげたり大きな音を立てているのに、どうして気付いてもらえないのだろう。

外で何かあったのだろうか？　大変な事はここでも起きているわよ！

残りの力でアニエスに思いっ切りしがみつき、閉ざされた扉に向かってお腹の底から大きな声で叫んだ。

「レオン様、レオン様ぁっ！」

時間で言えば、ほんの数秒後だったかもしれない。

扉が壊れるかと思うくらいの勢いで開き、真っ暗な空に走る稲妻みたいな激烈さで人が飛び込んできた。

その人は強い力で、アニエスを私ごと大男から引き剝《は》がす。

私達は床にどさっと倒れ込み、あっと視線を上げた次の瞬間には、男の太い腕から真っ赤な血飛沫《ちしぶき》が舞っていた。

「ひっ」

アニエスの怯えた声。飛び散る血が私達の側まで飛んできて床を汚した。

大男は唸《うな》り声を上げて、崩れ落ちている。

剣を持った人が、私達に振り向いた。

赤い目は、まだ殺気立って炎のように揺らめいて見える。

その人――レオン様は、私達の様子を見てはっと表情を歪めた。

「……すまん、怖い思いをさせた」

私はその言葉には、色んな意味が込められていると思ってしまった。

大男にアニエスを連れていかれそうになったのは、本当に怖かった。

けれど、レオン様を怖いなんてちっとも思わない。

どちらかといえば、そこに落ちたままの血のついた裁ちバサミの方が怖いくらいだ。

開いたままの扉から、騒ぎを聞きつけて集まってきた人達の声がざわざわと聞こえてきた。ようやくほっとして、へたりと力が抜ける。

倒れたまま震えるアニエスを手を伸ばして引き寄せると、身体を起こして私の肩口に顔をうずめてきた。

細い身体を震わせて、声を殺して泣いている。

一番怖い目に遭ったのはアニエスだ。

男に腕を強く引っ張られながら、これから起きる色んな最悪のパターンを想像しただろう。

床にへたり込んだままその背中を撫でながら、立ち尽くすレオン様を見上げて声を掛けた。

「怖くない、全然怖くないです」

目の奥の炎の揺らめきが、少しずつ落ち着いていく。びりびりと空気を震わす殺気もすっと消えた。

レオン様は、私と視線を合わせるようにゆっくりと腰を落としてしゃがみ込んだ。

「……オレが怖くないのか？」

「どうして、私達を助けてくれたのに。……そこに落ちているハサミの方が何だか怖いわ。助けてくれて……私が貴方を呼ぶ声を聞いてくれてありがとう」

そう答えると、目が合ったままで、長い前髪の隙間からふっと笑ってくれた。

「まだオレは名前を教えていないのに知ってるなんて……変な女だ」

あっ、やばい。うっかり名前を呼んでしまった。

「こ、この国の女の子達なら、皆きっと知っているわ。だってこんなに格好いい騎士団員だし……私もそうやって噂で知ったのよ」

その顔面偏差値の高いなりで、王室の騎士団員なんてモテモテ要素しかない。そんなレオン様の名前なんて、国中の女の子の間に広まっているだろう。

どうだ、この信憑性のある即席の言い訳は。

「ふうん……」

じっと見つめられてしまい、もの凄く困った。納得してくれたんだろうか。

低い呻き声に驚き視線を移すと、いつの間にかもう一人の騎士団員が店に入ってきていて、大男を取り押さえていた。

その後、馬車止めからうちの馬車も同時にやってきて、レオン様に支えられながらやっとの思いで乗り込んだ。

あの騒ぎの後始末は、全てレオン様に任せてしまおう。

馬車の中でアニエスと改めて顔を見合わせて、屋敷に着く直前まで二人で抱き合ってわんわんと泣いた。

この事件は、父に知られる事になり二度と街へは行かせないと宣言されてしまった。

私もそれを厳粛に受け止めた。アニエスは自分を犠牲にしてまで私を逃がそうとしてくれた事により、お咎《とが》めはなく侍女として続けて働けている。

あの大男は仕立て屋に強盗に入ったならず者で、店主は奥の部屋で縛り上げられていたという。

命に別状はなく数日後には店を再開できたというので、今度屋敷へ寸法に来てもらいたいと執事に言付けを頼んでいた。

その仕立て屋が今日屋敷へ来てくれる。

私はいても立ってもいられず、アニエスを連れて庭でお茶をしながら到着を待っていた。

そこに敷地内を警ら中であろう、レオン様が通り掛かった。

アニエスが会釈をすると、なんとこちらに近付いてくる。

その姿を見て驚いた。

長い前髪がさっぱりと切られ、爽やかさが加わって更に格好よくなっている。うちのメイドや侍女達が虜《とりこ》になってしまいそうだ。

あの日の私は私じゃない設定なので、侍女のアニエスを助けてもらったお礼を伝える為に口を開いた。

「レオン様。先日は私の侍女を街で助けて下さって、ありがとうございました」

隠される事がなくなったレオン様の赤い瞳は、太陽の光に当たってキラキラしている。

磨き抜かれた大粒のルビー、朝露を受けて光る木苺、沈む際に光を強く放つ太陽のように。

そんな綺麗なものを想像しながら、一方で床に飛び散った血や、取り押さえられて呻く大男の姿を思い出していた。

「いいえ。オレが護衛についていながら、危ない目に遭わせてしまい申し訳ありませんでした……ところで」

ちらっと、レオン様は何かを確かめるように私を見た。そうして、ニッと目を細める。

「あの、何かしら」

「もうあんな、侍女の変装なんてしないで下さいね。仕立て屋でミネット様だと気付いた時、肝がぞっと冷えました。リオネル殿下の怒った顔、知らないでしょう？」

ふっと笑う表情で、あの日お互いにしっかり目を合わせて会話した事を思い出す。

目が合っていたという事は、私もこの瞳をレオン様に見られてしまっていたのだった。

三章

私には、年に数度だけ外出が許される日がある。

ひとつ目は、亡き王妃様の墓前に年に一度ご挨拶に伺う時。

ふたつ目は、その王妃様が開催していた城での舞踏会だ。

今はリオネル様が主催し、数日に渡って開かれるそれは国外からの来賓も多く、外交の場となっている。

それ以外は、父の都合で私を連れて歩きたい時だけだ。

——遂に、運命の日がやってくる。

リオネル様と、アニエスが舞踏会で初めて出会うのだ。

その日が近付くにつれて、私のため息が増えてしまう。平気な顔でいなくちゃいけないのに、なかなかそれができない。

そんな中、朝の支度の途中で私に関するびっくりする噂を侍女から聞かされた。

「えっ、私が男を漁っている、悪い女ですって？」

「そうなんです。妹から手紙を貰いまして、そのような事が書かれていました……一応お嬢様のお耳にも入れておいた方がいいかと」

失礼も承知していますと、頭を深く下げた。

この侍女も、きちんとしたお家の令嬢だ。妹さんが一人いて、最近社交界デビューしたらしい。

そこでそんな噂話を聞き、姉を心配して手紙を寄越してきたという。

「漁るって、ずっとこの屋敷にいる引きこもりの私にそんな事は……」

「なので、ここに見目のいい男性を呼んでいる、と。王太子様に構ってもらえない寂しさを、それで埋めていると噂になっているようです」

ドレッサーで髪を結われながら、鏡の中の私は驚いた顔で百面相している。

「見目のいい男って……まさか」

「ええ、まずはあの方でしょうね。騎士団員の中でも、飛び抜けて見目麗しい……」

「あー……」

納得、という意味を込めた声に、侍女は深く頷いた。

「レオン様の事ね。こんな話を耳にされたら、気分を悪くするでしょう……だから内緒よ？」

「はい、わかりました」

「また変な噂を聞いたら、すぐに教えて。出処をここから探るのは難しいだろうけど、何も知らないよりはずっといいわ」

王太子の婚約者の立場ながら、男漁りをする悪い女ミネット・クーロ。

引きこもっていても、結局は『悪役令嬢』にされてしまう世界にちょっと笑ってしまう。

でも、私が『悪役令嬢』になっていた方が、これから都合がいい。

悪役令嬢から王太子を救ったヒロインの方が、国王や国民受けがいいだろう。

「ふふ、私が悪い女だなんて何だかおかしくて。ここでこうして、大人しく暮らしているのにね」

「笑い事ではありませんよ、私はその手紙を読んだ時、怒りで震えました。この屋敷で働く者は、皆同じ気持ちですよ」

強く私に語り掛ける侍女に、思わず胸が熱くなる。

「ありがとう。私の身近な人達が真実を知っていてくれるだけで、私は嬉しい。他の人にどう思われようが構わないわ」

「お嬢様ぁ、私、ずっとミネットお嬢様のお側でお世話させて頂きます！」

「何言ってるの、貴女もうすぐお見合いがあるのでしょう？　きっといい旦那様に出会えると思うわ。私が自信を持って送り出すのだもの」

さっきまで泣きそうだった侍女は、顔を赤らめて嬉しそうに頷く。

「来週の舞踏会、去年は貴女を連れていったから、今回はアニエスを連れていくわね。それで、支度を手伝ってあげて欲しいの」

侍女は舞踏会の時には、城の待合室のような場所で待機し、参加はしないけれど、きちんとドレスアップをして行くのがマナーだ。

アニエスの為に新しくドレスを仕立て、所作やマナーの勉強も更にさせた。

どこで誰が見ているかわからない、逆を言えば誰にでも見られているシチュエーションでアニエスはリオネル様に出会う。

隙を少しでも見せてしまったら、それがこれからのアニエスの足を引っ張ってしまう。

アニエスの為に、それは絶対に避けたい。何も知らない彼女に厳しくするのは申し訳なかったけれど、文句ひとつ言わずに私の言う事を聞いて勉強に励んでくれた。

「アニエスさんをお城に連れていったら、きっと沢山のご子息から求婚されるでしょうね。美人だし気立てはいいし、頑張り屋ですもん」

「あら、それは貴女も同じよ。こんな素敵な女性と結婚できるなんて、旦那様になる人は幸せ者ね。二人とも、幸せになってもらいたいの」

素直にそう伝えると、胸の中にあった引っ掛かりが、すっと消えてなくなっていった。

泣いても喚いても、運命はすでに動き出している。

いよいよ舞踏会当日。

夜になり、城までの道はひたすら続く馬車の渋滞にはまっていた。

私と一緒に馬車に乗ったアニエスは、どこに出しても恥ずかしくない完璧な令嬢に仕上がっていた。

元々あった本人の資質で、立ち居振る舞いの優雅さも底上げされ、誰もが振り返るであろう雰囲気だ。

闇よりも深い黒髪をアップにし、白い首筋が映えるようなネックレスを選んだ。

新調した淡いグリーンのドレスも似合っている。本当はもっとドレスアップしてあげたいのだけれど、あくまでも侍女なので悪目立ちを避けた清楚な雰囲気に仕上げた。

それでも、内側から輝くものがアニエスをより美しく見せる。

ただ、窓の外を見つめた彼女は、少しだけ不安そうだ。

「やっぱり不安？」

「……はい。元はといえば私は庶民ですから。こういう場は初めてで……お嬢様の侍女として連れてきて頂いたのに気後れしています」

自分には場違い、侍女として失格だとばかりに萎縮している。

「誰だって初めての瞬間はあるもの、仕方がないわ。でも大丈夫よ。今日の為にしっかり身につけたものは全て、これからのアニエスを助けるわ」

「ミネットお嬢様……ありがとうございます」

うる、と潤む瞳から今にもミルク色の真珠でもぽろぽろ零しそうで、私は困った顔になってしまった。

ああ、ほんの少しだけ、アニエスをリオネル様と会わせたくない気持ちが湧いてきてしまう。それにこのまま真夜中まで、馬車がお城に着かなければいいのに……なんてほんの少し考えてしまった。

馬車はのろのろとだが着実に進み、遂に城に着いてしまった。

思い切り煌びやかに着飾った貴族達が、続々と正門から城へ入っていく。

ここがこの国の中心で、王城であり貴族が政務を執り行う場所でもある。

近隣の国にあるどの城よりも広く大きく荘厳で、細やかな装飾はこの国ならではと言われている。

城の中も豪華な大階段や精巧で美しいシャンデリアがあり、壁には歴代の王の大きな肖像画が並ぶ。

ずっと向こうの大広間まで続く長い廊下には、彫刻の施された乳白色の巨大な柱が連なり、まるで巨人が並んでいるような夢の世界だ。

ここで、私はアニエスを置き去りにする。

自分よりも注目を浴びているのを許せなくて、ミネットが意地悪をするのだ。

一人になってしまい私を探すアニエスに、見かねたリオネル様が声を掛けて二人は初めて出会う。

街イベントでどの攻略対象とも恋愛に発展するフラグを立てずにいると、この舞踏会イベントが発生し、リオネル様ルートへ突入する。

私の観察するところでは、あの街での一件以降、アニエスとレオン様の進展はなさそうだった。

なので、一応無事にリオネル様ルートへ進んでいるはず。今日、アニエスと一緒に舞踏会へ来られた事がその証拠だ。

そんな事はつゆ知らず、辺りを控えめにキョロキョロして目を輝かすアニエス。彼女を一人にしなきゃいけない事に、胃の辺りが痛くなる。

こんな可愛い子、一人にした途端に令息どもがわらわらと寄ってくるに違いない。現に今だって、あちこちで若い男性からおじ様まで男性陣が隙を窺うようにこちらを見ている。

「アニエス。私は挨拶に行かないといけないから、ここでちょっと待っていてくれる？」

「ここで、ですか？」

「そう。挨拶が終わったらすぐに戻るから……そんな心配そうな顔をしないの。こんな夢みたいな夜、もしかしたらアニエスだけの王子様に出会えるかもしれないわよ？」

ね、と笑ってみせて、断腸の思いでその場から離れた。

その際にギロリと辺りの男性達に睨みをきかせてきたので、少しの間は声を掛けられる事もないだろう。

きっと、ますます『悪役令嬢』なんて思われて、噂好きの貴族達の今夜の話題にされるのだ。

可愛らしい侍女を置き去りにして意地悪している、と盛り上がる姿が目に浮かぶ。

別に構わない、その方が都合がいい。

ちりっと胸が痛むけれど、気付かないふりをして大広間へ急いだ。

やはり馬車が渋滞している間に舞踏会は始まってしまっていた。

大勢の人達が、楽団の奏でる音楽に合わせて踊り、会話を楽しんだりお酒を飲み交わしている。

国王はやはりまだ体調が回復せず、王座は空席になっていた。

いつもその側にいるはずのリオネル様の姿はなく、見回しても見つからない。

……きっと、もうすぐ二人が出会うんだ。

胸騒ぎに似た焦燥感に駆られて、アニエスを残してきた廊下へ戻る。

アニエスが背筋を伸ばして私を待っているのが遠くからでも見えた。

ぽうっと光っているような、特別な人間だけが持つオーラや空気感とでも言うのか。同じステージにいる人間にしか近付けない、そんな残酷で綺麗な雰囲気をまとっている。

柱の陰に身を隠して、こそこそ窺っていると――。

「……きっともうすぐだわ、心臓が潰れちゃいそう」

「心臓が潰れたら、死んでしまいますよ」

背後からいきなり声を掛けられて、飛び上がるほど驚いてしまった。

「び、びっくりした」

「……ふはっ、ミネット様でも、そんな顔をするんですね」

そこには悪びれた様子も見せず、にやっと笑うレオン様が立っていた。普段の黒い隊服ではなく、今夜は騎士団の白い方の正服姿だ。

髪をさっぱり切ってイメージチェンジをしたレオン様を、更に高貴に見せている。

そもそも、レオン様も剣術に優れた貴族名家の次男なので、品があるのは当然だ。

「何でこんな所に隠れてるんです？」

レオン様はなぜか、たまにこうやって私に話し掛けてくるようになっていた。でもそれは屋敷だけで、まさか城でも同じように接してくるとは思わなかったので、ふたつの意味で驚いた。

「か、隠れてなんていないわ。ちょっと休憩しているだけよ」

んん？　と納得いかないような表情を浮かべたレオン様は、すぐに離れた所に立つアニエスを見つけてしまった。

「あれ、あそこに立っているのは、ミネット様の侍女だ」

ただでさえ大きく目立つレオン様を、慌てて柱の陰に思い切り引っ張り込む。と同時に、ざわめきが耳に届いた。

そうっと柱から顔を出してみると、リオネル様が向こうから数人の見慣れない貴族を連れて歩いてきていた。

大切なお話や案内が終わったあとだろうか、側近に一向を任せるそぶりが見える。

皆が道を空け、揃って頭を下げている。

「……来た」

「リオネル殿下ですね。今日はイルダから大使が来てるんです。国王の代わりに対応しているんですよ」

私の上から、レオン様も頭を少しだけ出して様子を見ている。

イルダはゲームにも登場する西側にある隣国で、セルキアよりも強大な軍事力を誇っている。国内は政権争いで常に不安定な情勢で、少し物騒なイメージ。

セルキアとの交易はあるが、ルートによっては戦争をけし掛けてくるなど、リオネル様の死に深く関係してくる。

「だから大広間にいらっしゃらなかったのね」

「はい。来月に、イルダの王太子が短期滞在する予定でいらっしゃるそうです。その調整として先に大使が来たようですね」

「そうなのね。最近はずっと忙しくしてらしたから、心配していたのだけど……」

久しぶりに見たリオネル様は、遠くからでもやっぱり素敵に見える。でも、少しだけ疲れているようだ。

「……あっ」

柱の側に立ち、頭を下げるアニエスの前でリオネル様が足を止めた。

何か声を掛けている。

アニエスも、頭を上げて……二人が顔を合わせた。

心臓が誰かに摑まれているみたいに、痛い。

手袋の下で冷たくなっていく手をきつく握って、飛び出していきたい気持ちを抑える。

私はまるで、おとぎ話が綴《つづ》られた絵本でも眺めている気持ちになっていた。

手が届かない、目が離せない……。

私はこのアニエスの為の物語の傍観者だ。

「二人とも、綺麗だなぁ……」

ぽろりと、つい気持ちが言葉になって零れてしまった。

「ミネット様は、リオネル殿下の婚約者じゃないですか」

ぼそりと、頭の上からレオン様の声が降ってくる。

「……そうね。でも、きっとこれから色んな事が変わっていくわ」

ここからアニエスが慈悲深く微笑んで、リオネル様の心はその瞬間に強烈に奪われていく。

「あっちに行かなくていいんですか？　あれじゃまるで……って、なんて顔をしてるんです？」

「あの二人の方がお似合いだって、言いたいんでしょう？　うん、そうね。私もそう思うわ」

これから先、白昼夢でもはっきり見えるかもしれないほどに、二人が見つめ合って会話を交わすシーンを胸に刻みつける。

死の恐怖から逃げ出したくなった時、思い出して踏ん張れるように。

悲しい、つらい、悔しい、羨《うらや》ましい。そういう今の気持ちを全部覚えていて、行動する力に変えていくのだ。

「泣きそうな声で『お似合い』だなんて、それを言ったら殿下とミネット様の方が……あっ、殿下がこっちに来ますよ」

「え……あれ？　どうしたのかしら」

リオネル様はさっとその場を切り上げて、こちらに向かい足早に歩いてくる。

アニエスも、リオネル様の背中を見送る事なく、さっさと違う方向を見て私を探しているようだ。

運命の恋に落ちたにしては、二人共あっさりしすぎていない？

まだ遠くにいると思っていたリオネル様と、ばっちり目が合ってしまった気がする。

冷や汗がどばっと噴き出す感覚がして、この場から逃げなきゃいけない気がしてきた。

「遠目からでもわかる、リオネル殿下のあの顔はやばいですよ」

「とりあえず、この場を離れましょう！　まだ距離があるから、気付かないふりをして大広間に戻れば……」

覗《のぞ》き見していた事で、気分を害してしまったのかもしれない。

レオン様の背中を押して、その陰に隠れながら大広間に逃げ込もうとわたわたとしていると――。

「僕のミネットと何をしているんだ、レオン？」

周囲の気温が一気に下がる、ゾッとするようなリオネル様の低い声で引き止められてしまった。

振り返りたくない。だけど、無視は不敬に当たってしまう。

恐る恐る、くるりと声のした方へ向き直す。

「リオネル様、今夜はお招き頂きありがとうございます」

背後から、レオン様も礼をする衣擦れの音がする。

そうっと顔を上げると、相変わらずのとびきり国宝級のお顔で微笑んでいた。

だけど目が笑っていない。いつもの綺麗な空と緑を宿したような瞳が、大嵐の時の空を映したように真っ黒に見える。

「……あの、リオネル様が私の侍女とお話をされていたようなので、こちらで待っていました」

「気にしないで、来てくれればいいのに……それとも、僕よりもレオンと一緒の方が楽しかった？」

ちくりと棘《とげ》のある、リオネル様にしては珍しい物言いに少し驚いた。

そんな言い方をされたら、私の事が物凄く好きみたいに聞こえてしまう。

アニエスに出会って彼女の存在を知ったあとなのに。

「ふふ、そんな風に言われてしまうと、まるで嫉妬されていると勘違いしてしまいそうで……恥ずかしいです」

さっきまで寂しさで満たされていた心に、ぽっと嬉しい気持ちが生まれる。

素直にそのまま気持ちを伝えてしまったけれど、アニエスに気持ちを奪われた今のリオネル様なら気にもとめないでくれるはずだ。

悪役令嬢と噂されているなら、いっそ呆《あき》れられるような嫌味らしい事を言えばよかった。

自分の頬に熱がどんどん集まっていくのを感じながら、今夜はこれで屋敷に帰ろうと決めた時――。

みるみるリオネル様のお顔も、余裕のない表情になり真っ赤に染まっていった。

「……リオネル様？」

「勘違いじゃない」

「えっ？」

「勘違いなんかじゃない、今僕はレオンに嫉妬しているんだ」

空耳？　都合のいい夢？　願望が度を超えて可視化したの？

「嫉妬……していたのですか？」

「レオン。ミネットの侍女には、屋敷へ先に帰るよう伝えておいてくれ。ミネットの事は僕が責任を持って送っていく」

そう言い切ったリオネル様は、私の手を素早く取って攫うように歩きだした。

貴族達が私達を見て騒いでいてもお構いなし、むしろリオネル様の迫力に目をそらしている人もいる。

そんな騒ぎにアニエスが気付いて、私を見つけて目を丸くしていた。

リオネル様に手を引かれて連れてこられたのは、薄い液晶越しに何度も見た『秘密の部屋』だった。

ここはリオネル様とアニエスが最初に身体を重ねる重要なシーンで使われた、リオネル様以外には誰も知らないとされた部屋だ。

まさか自分がこの部屋を直に見る事になるとは。とても信じられなくて、息が詰まって声が出ない。

もしかして私がリオネル様と……なんて不埒《ふらち》な考えが一瞬頭をよぎり、慌てて振り払った。

明かり取りや窓はひとつもないけれど、絶妙なバランスで配置されたランプのおかげで薄暗い印象はない。

乳白色の壁紙の向こうは、声も通さないほどの厚い石の壁だと、ゲームテキストで読んでいた。

天井を見上げると、まるで今にも飛び出してきそうな肉感で描かれた、天使の絵と目が合った。

花々に動物、人々と天使達。それらが命を吹き込まれたように、華やかで壮大な物語を天井で繰り広げている。

この天井絵の中には、外の美しい世界だけが閉じ込められていた。

ふっと視線を落とすと、部屋の中央にはとても大きな寝台が存在を主張していて、私はそれも凝視してしまった。

その時、リオネル様に握られたままだった手のひらに、更に力が込められるのを感じた。

リオネル様はこちらを振り返り、そのまま私にぐっと顔を近付けてきた。

真顔のままじっくりと見つめられ、まるでさっきレオン様と一緒にいた事を、無言で責められているようだ。

驚く余り、一、二歩、後ずさる。

まずい、やばい、リオネル様の顔が格好よすぎる……じゃなくて、いよいよ雰囲気が怪しくなってきてしまった。

意識し始めると、途端に心臓の鼓動が速くなる。逃げ出すタイミングは、とっくになくなっていたようだ。

みっちりとした毛足の短い高級そうな絨毯《じゅうたん》の上では、もつれるヒールの音もしない。

そのまま、ドレスから覗く剝《む》き出しの背中が石壁にぴたりとついてしまった。

冷たい温度が直に伝わって、びくりとしてしまう。

今度は両方の手のひらをまるで恋人のように繫がれて、そのまま小さく万歳するかたちで壁に縫い止められてしまった。

「……ミネット、ここがどこだかわかる？」

リオネル様の蒼い瞳に、焦って目を見開いた私が映る。

「わ、わかりません」

今はこれが最適解だ。『知っています。貴方とアニエスが身体を重ねる所です』なんて言えやしない。

リオネル様の口元が、ニッと弧を描く。

「ここは、僕の秘密の部屋なんだ。といっても、『今は』なんだけどね」

「……今は？」

「うん。元々この部屋を作ったのは、うんと昔の王なんだ。その人はここで、美しく鳴く小鳥を飼っていたそうだけど」

初めて知る話だった。『私の夜は終わらない』では、この場所はただの都合のいい『秘密の部屋』だった。

ゲーム内でリオネル様から深く語られる事もなかったし、テキストでも補足説明はなかったはずだ。

「まぁ、僕は一人になりたい時に使う程度だけどね。読み掛けの本の続きに没頭したい時や、考えたい事がある時に」

そう言って、リオネル様はサイドテーブルに置かれた数冊の本に視線を投げた。

私はその視線を追いながら、次第に大きくなっていく胸の鼓動に気を取られ始めていた。

だって、ここに私がいるのはおかしい。

ここに連れてこられるべきなのは、アニエスだけなのに。

それに、息も掛かりそうなほどに近い距離から感じるリオネル様の香水の匂い。

深く繋がれた手から、リオネル様の体温がじんわりと伝わってくる。

さっき、『嫉妬している』と言ってくれたけれど。

これから、熱湯で雪を溶かすようなスピードであっという間に、アニエスに惹かれていくのだ。

覚悟は決まっているのに涙がじわりと滲み、鼻の奥がつんと痛くなる。

私はゲームにおけるただの悪役、愛を育む主役達からの憎まれ役。

勝手に滲み零れそうな涙を見せまいと、どうにか隠せないかと身を捩る。

すると、だめだとばかりにリオネル様が私の名前を呼んだ。

「ミネット」

ドキリとして、動きを止める。ただ、今度は顔を見られたくなくて下を向いた。

「ミネット、僕に顔をよく見せて」

「……だめです、今は」

「どうして？　さっきまで、アイツには笑顔を見せていたのに」

アイツと聞いて、一瞬誰の事かわからなかった。

「アイツって……？」

「楽しそうに盛り上がっていただろう？　レオンと」

楽しそう……そんな風にリオネル様からは見えていたのか。

あれは私が二人を見守っていたところに、たまたまレオン様がやってきただけだ。

そんな中でリオネル様とアニエスは初めて対面したけれど、拍子抜けするほどあっさりとしたものだった。

もっと劇的で運命的で、私との数年間の事なんて忘れてしまうほど衝撃的な出会いだと思っていたのに。

もしかして、城の薔薇園でリオネル様に声を掛けてしまったように……私はまた、どこかで『失敗』してしまったんだろうか。

背中に嫌な汗が伝う。

ここからやり直せるかな、どうすればリオネル様を死なせずに済むんだろう。

目を閉じたら、反動で今度こそ溢れた涙が零れてしまう。

一度滲んだ涙が引っ込むはずがないのに、私はどうにかしたくてうつむいたまま、リオネル様の正装に施された金糸の刺繡を……ただ見つめていた。

ふわりと、すぐそばでリオネル様の匂いがする。初夏に咲く白い梔子《くちなし》に似た甘い匂い。

するとリオネル様が動く微かな衣擦れの音がしたあと、私のこめかみに柔らかなものが触れた。

その特別な感触は、頰や耳元にも続いて落とされた。

「……あっ」

顔を勢いよく上げると、お互いの鼻の先がくっついてしまいそうな距離に、リオネル様の顔があった。

「ミネット」

名前を呼ばれて、泣きたい気持ちを隠して、見つめ返した。

「ミネット……君にキスしてもいい？」

言葉では言い表せない切なさを含んだ声に、心が震える。

私の名前を呼び、私の手を繫ぎとめたまま、私の唇にキスしたいと言う。

いつもは王太子として毅然としたリオネル様が、今はまるで甘いお菓子をねだる子供みたいに眉を下げる。

「……今夜は、だめです」

「どうして？　ミネットと僕、二人きりなのに」

だめな訳がないじゃないか。許されるなら、私の方からその胸に飛び込んでしまいたいくらいだ。

だけど、今夜リオネル様は、アニエスに出会った。

特別な夜だから、私と今そんな事をしては……きっと後悔する日が来るだろう。

「それに」

リオネル様は、じっと私の瞳を覗き込む。

「ミネットの瞳は、『だめじゃない』って言ってるよ」

男っぽい、欲を孕《はら》んだ熱い視線。いつもの爽やかな表情とは違う、目だけで私が欲しいと訴えている。

顔から火が出るとは、こういう事を言うのだと身をもって思い知る。

一気に顔に熱が集まり、自分の顔が夕暮れに沈む太陽より赤いと自覚できた。

「だめです……っ」

焦って声が上擦る。とても情けない声が出てしまった。

「可愛いミネット、本音を言うと君には僕以外の男に笑顔を見せて欲しくないよ」

すり、と鼻先が触れ合う。

くすぐったくて、思わず小さく笑ってしまう。

リオネル様は私の反応が気に入ったのか、すりすりと、再び高い鼻を擦りつける。

「笑顔だなんて……私が皆から陰で何て言われているか、リオネル様ならご存知でしょう？」

『宰相のお人形だ』と、私の事を好き勝手に言う人間がいる。

「僕の花嫁を愚弄《ぐろう》するなんて、自分の立場がわかっていないいんだろう。ミネットを傷つける言葉を吐く口なんて、ついてても意味がないな」

リオネル様の蒼い瞳は、笑ってはいなかった。

じわり、と額に冷や汗が浮く。

「私の事はいいんです。実際に父の言いなりです。それに、社交も得意ではありません」

「そう？　最近は笑った顔もよく見るようになったけどな。ミネットが笑うと、皆が魅入られる。僕はそれが誇らしいし、その何倍ももどかしいよ」

見つめたままのリオネル様の瞳が、ふっと伏せられた。そうして、再び私を映すとそっと近付いてきた。

私は蒼い宝石に似たその瞳から目をそらせない。

恥ずかしくて暴れる心臓が飛び出してくるんじゃないか……なんて考えながら、耐え切れず遂に目を閉じてしまった。

ふにゅっと、柔らかな唇が遠慮がちに重ねられる。

ああ、どうしよう。胸の中が幸せで熱く満たされていく。

いつもそうだ。この瞬間の永遠と一秒の狭間で、ずっと身を任せていたくなってしまう。

私は近いうちに、リオネル様の為に死ぬ。

その時に、この気持ちと時間の思い出を持って逝くのを許して欲しい。

一度、二度、軽く触れた唇がそっと離れていく。

淡い夢の終わり。名残惜しくてそっと目を開くと、リオネル様が私を見つめながら柔らかく笑っていた。

「……ミネットの蕩ける顔は、いつだって僕を、ただの一人の男にしてしまう」

拘束していた手をゆっくりと離し、リオネル様の大きな手のひらが私の頬を両方から包む。

しみじみと、息を細く吐きながら「胸が潰れそうだ」なんて嬉しそうに目を細める。

「……と、蕩けるなんて、そんな顔なんてしてませんっ」

そんな訳ない。自分でもわかるほど目が潤み、赤くなってぼうっとしてしまう。

声だって上擦って、リオネル様にキスされて嬉しいと白状しているようなものだ。

リオネル様は私の頬から手を離す。空気に触れた頬がひやりと感じた瞬間に、今度は流れるように抱きしめられてしまった。

リオネル様の顔が、私の首筋にうずめられる。さっきまで壁に押しつけられて、冷えた剝き出しの背中を大きな手がまさぐる。

「……ミネットを、もう誰にも見せたくなくなってきた。こんな可愛い顔まで皆が見てしまったら、魅了された他の男に攫われてしまうかもしれない」

首筋の薄い皮膚に唇が触れる。

小さく「あっ」と声が漏れて、びくっと身体が反応してしまう。

「そんな人、いる訳ないじゃないですか！　それに、そんな事に万が一にでもなったら、私は辱めを受ける前に自分の舌を嚙み切って死にます」

リオネル様を抱きしめ返す事ができず、宙を彷徨《さまよ》う両手で握りこぶしを作る。

首筋にキスされた事によって灯った熱の、逃がしどころがわからない。

「それって、僕の為に？」

自尊心や家名の為に、婚約者という立場の為に、という模範的な解答が頭に浮かぶ。

可愛げのない女だと思われるには、こう返答するのがいい。

なのに、リオネル様に抱きしめられた私の口は違う答えをつむいでいた。

「……そう、かもしれません」

悪役令嬢らしい答えじゃない。テストならバツ、減点だ。

「……ミネット、ありがとう」

背中に回された腕に力が込められ、更にリオネル様に密着してしまう。

秘密の部屋で、二人きり。ヒロインでもない私が勘違いしてしまいそうになるのを必死に耐える。

なのに、リオネル様はとんでもない事を言いだした。

「もう一度言うけど、ここは僕の秘密の部屋なんだ。といっても、信用している人間にたまに掃除には入ってもらうんだけど」

「え、あ、そうなんですね」

それもそうか。リオネル様がご自身で掃除や手入れをするのは、現実的ではない。

「いくら叫んだって、その声は外に漏れないんだ。……小鳥の声も、きっと誰にも届かなかったんだろうな」

首元で囁くその声色は、仄暗さを含んでいる。

息が掛かるたびに、ぞくりと秘めた欲を煽《あお》られてしまう。

「り、リオネル様……、まだ舞踏会の途中です。リオネル様の姿がお見えにならないと、皆様が心配されます」

「ミネットと二人で消えてるんだ、一緒に抜け出しているところも見られている。皆大目に見てくれるさ……なので」

リオネル様が顔を上げて、私の目の前に改めて凛と立つ。

「ミネット」

真剣な眼差しに、私も背筋が伸びる。

「は、はい」

一体、何を言われるんだろう。ごくり、と唾を飲む。

「麗しの我が君、未来の妻。今ここで僕に抱かれてもらう」

「……は？」

令嬢らしからぬ返事をした私に、リオネル様は堪らないとばかりに口元を押さえてくつくつと笑った。

ひょいっと抱き上げられ、あっという間に寝台へ運ばれてしまった。

朝から時間を掛けて結い上げた髪は、ふかふかの枕との間で潰れてしまっているだろう。

「ちょ、本当にだめですってば！　この支度に二時間は掛かってるんです」

「じゃあ、終わったらここに城の侍女を呼んであげるから、支度し直せばいい。僕はそれを見ているよ」

コルセットをギリギリと音が立つほど締め上げられている最中の苦悶の表情なんて、絶対に見られたくない。

「湯浴みもしてないし、何より、私……乙女なのです。なのに初めてが舞踏会の最中に突然だなんて……！」

覆い被さるリオネル様の熱い視線から、逃れるように目を伏せる。

羞恥で滲んだ涙が、まつ毛を濡らしているのがわかる。

リオネル様だって、女性にここまで嫌だ無理だと言われたら、諦めて……いや。一度興味を持ったら、猟犬のごとくとことん追い詰めるのがリオネル様だ。

相手の意思は、あとから合意に持っていけばいいというタイプ。崖っぷちで全てを諦めた相手の顔を見るのが好きな人だった。

ちょっとでも選択肢を間違えると、すぐにリオネル様に監禁されるルートへと突入してしまう。

チラッとその表情を確かめようとしたら、悪い顔をしたリオネル様と目が合ってしまった。

何でそんなに嬉しそうな顔をしているんですか！

「……じゃあ、極力ドレスは脱がさない」

「きょ、極力って！　それに私はいいなんて言って……っ」

「ミネット、どうか我慢のきかない僕を受け入れてくれ。罰はあとからいくらでも受ける」

頼む、と形のいい唇から零すと、私の返事も聞かずに口付けてきた。

軽く啄《ついば》まれて、離れる。そのまま首筋に軽く噛みつかれて、ぞくぞくと甘い痺れが背筋に走った。

「あ、だめです……ってばっ」

制止するには迫力が足りない、甘ったるい声が出てしまう。

リオネル様に求められて泣きだしそうに嬉しい、と素直になってしまった身体が震える。

嬉しい。恥ずかしい。だけどこんなのはだめだ。

身体がカチカチになって、両手でリオネル様の肩を押した。

男性を退けるほどの力は私にはない。あるのは、雰囲気に流されてしまいそうな揺らぐ心と、ただこの人を愛しているという気持ちだけ。

そのふたつがごちゃまぜになりながらも、私を動かした。

私になんて構っていたらいけない。

この人を助けられるのは、アニエスだけなのだ。

リオネル様は、私の行動に動きを止めた。

しばしの間が空き、幼子に言い聞かせるように、静かにゆっくりと私に言葉を落とす。

「ミネット、僕をここに置いていかないでくれ。僕も、ミネットを一人にしないから」

私の形を確かめるように、優しく頬を何度も撫でられる。

あやすようなキスを額に受けると、役割も目的も忘れてしまいそうになる。

私達にそんな未来があったなら、どんなにいいだろう。

「さっきも言ったけど、ここでミネットが声を上げても誰にも聞こえない。僕以外にはね」

「……はい」

「ここには、僕とミネットしかいない。二人だけ。僕達が何をしているかなんて神様にしかわからないんだ」

だから、僕に身を任せてと囁く。

なんて甘美で残酷な誘いなのだろう。リオネル様から寵愛を受けたあと、その身で正気を保って死ねるだろうか。

でも。死ぬんだもの。

たった一度だけ。ねじれた物語の隙間なら、許されるんじゃないだろうか。

まだ……アニエスとリオネル様の恋は始まっていないのだから。

「……誰にも、わからない。そうか、そうなんですね」

リオネル様の肩越しに、知らない世界が描かれた天井画が見えた。

この部屋の中で、この時だけ、自分を晒け出しても誰にも知られない。

リオネル様だけ。こんな私を晒しても、知るのはこの人だけなんだ。

一時の気の迷いかもしれないが、それは私にはとても幸福に思えた。

今だけ。今だけなら。

胸の中から、熱い感情が込み上げてくる。

「リオネル様」

それは、心が声を上げたような小さく切ない声だった。

だけど、これまでのどの場面よりも、私は素直に愛を込めてリオネル様の名前を呼んだ。

「うん、ミネット。僕はここにいるよ」

「……嬉しい」

自分からリオネル様の大きな背にそっと手を回す。すると髪を優しい手つきで撫でられて、私は今だけ自分の決意に目隠しをした。

お互いに、自然に唇を重ねる。少し開いた隙間を熱い舌先で舐められる。

私からも、ちろ、と舌先を伸ばすと触れ合って絡め取られた。

「……んっ」

舌先がこんなにも敏感に感覚を拾う事に驚きながら、口内をまさぐるリオネル様の舌を受け入れる。

熱い粘膜が、遠慮なく口内を蹂躙《じゅうりん》していく。

「息を止めないように……そう……自分から口を開けられて偉いね」

いい子、と褒められて嬉しくなる。深く、浅く、舌を絡めて互いの唾液を混ぜているうちに、ぼうっと頭が熱くなっていく。

「や……んんっ！」

唇の端から垂れる唾液をべろりと舐められて、理性が焼き切れそうだ。

リオネル様は、鎖骨にも丁寧に唇を滑らせていく。どこもかしこも、触れられるところ全てが、与えられる刺激を拾ってしまう。

自分の身体のはしたなさをリオネル様に暴かれながら、身体がいやらしく熱を持っていくのを止められない。

「ミネットの肌は、光るように白くて滑らかだ。ここも、ずっと触れたくて仕方がなかったんだ」

コルセットや下着で寄せて上げられた胸元をぺろりとひと舐めされて、ずくんっとお腹の奥が疼《うず》く。

それだけで、きゅっとドレスの下で乳頭が硬くなっていくのがわかった。

「はぁ……やぁ……っ」

「この肌の……透けて見える青い血管が……もっと下にも続いているのかな」

ドレスの胸元にリオネル様の長い指が掛かり、片方をゆっくりと引き下げていく。

「いや、だめ……っ」

このままでは、いやらしく反応してしまった胸の頂きを晒してしまう。

咄嗟にそれを隠そうと動いた左手をやんわりと摑まれてしまい、リオネル様の前にふるりと胸が晒されてしまった。

「……ああ、綺麗だ。こんなにも透き通るように白くて……ああ、堪らない」

「きゃっ」

「いい匂いもする」

かぷりと、下乳の柔らかな肉を食《は》まれる。はむはむと口内で遊ばれると、まだ触れられていない胸の先端が更に硬く、じんと痛くなってきた。

「んっ、あ……ああっ！」

リオネル様の高い鼻先が乳首を掠めた瞬間。ほんのわずかな刺激だったはずなのに、その何倍にもなって押し寄せた。

「ふふ、可愛い」

「や、可愛いなんて……言わないで下さい」

「可愛いよ、真っ白な雪の上で春を待つ……桃の花のつぼみみたいだ」

先端にふうっと息を吹き掛けられて、また声を上げてしまった。

リオネル様は熱心に、胸に舌を這《は》わせる。けれど、痛いほどぴんと立ってしまった乳首には触れない。

わざとらしく何度か舌を掠められて、私の身体はもっともっとと甘く声を漏らし刺激を求めてしまっていた。

じらされている。そう思うと、感覚が余計に敏感になってしまう。

リオネル様から直接触って欲しくて、ちりちりと乳首の先が更に疼く。

早くその舌で、歯で、指で思い切り——。

想像をしたら、下腹部から何かが零れた。

「リオネルさま……！」

「…ん、なあに？」

大きな熱い手のひらが、舐められて濡れた下乳を支えるように触れる。

くっと軽く力を入れられただけで肉は素直に形を変える。リオネル様に触られるのを喜ぶように、わずかな指の動きの感触まで感じ取る。

「……柔らかくて、指の間から零れてしまいそうだ」

「ふっ、んんっ」

慎重な手つきでやわやわと胸を揉《も》まれると、胸の奥から切なさに似た感情が溢れてくる。

まだ晒されていない方の胸にも、触れて欲しくて堪らない。

一旦手が離され、遊ばれていた乳房がぷるりと揺れる。

そうして再び熱い手のひらに包まれるとぐっと絞られて、硬くなった先端が一層主張してしまった。

「なんて可愛らしく、いやらしい身体なんだ……僕に食べられたそうに、ピンと張り詰めて……」

リオネル様がはぁっと熱い息を吐く。

そうして、張り詰めた乳首はねっとりと、遂に熱い舌に絡め取られた。

「あ……ああっ！」

待ちわびた刺激がびりびりと背筋に走り、頭の中を蕩かす。

強い快楽で背中が反ると、リオネル様に突き出してしまった胸に軽く歯を立てられた。

ぐっと摑まれて、むしゃぶりつかれる。温かい舌に吸われて転がされて、大きな手の平の中で潰され揉まれる。

待ち望んだ以上の快楽は声にならず、くうっと喉が震えて鳴る。

「……ミネットがあまりにも可愛く感じてくれるから、僕の理性は吹き飛びそうだ」

そう言ったリオネル様の額には、汗が浮いていた。余裕を失って上気した表情に、またお腹の奥がきゅんっと疼く。

「そんな、ああっ、強く吸わないで……取れちゃう！」

「ふ、大丈夫だよ、もっと可愛がらせて」

じゅうっと吸われながら、もう片方の胸にも手が伸ばされドレスがはだけた。

剣を振るう事もあるリオネル様の力強い手のひらが、今度は子猫でも撫でるように優しく私に触れる。

その緩急に、ますます乱されてしまう。

快楽でぐずぐずに溶かされていると、乱れたドレスの裾からリオネル様の手が滑り込み、擦り合わせていた太ももに触れた。

その手はするりとお尻を撫でる。びくんと腰が跳ねてしまい、閉じた脚に力が入る。

「どこに触れても滑らかで……ずっと撫でていたいよ」

耳元で囁かれると、身体の芯に灯った火が更に燃える。再び深いキスを受け入れていると、閉じた脚を撫でられる。

「……力を抜いて。もっとミネットの深い場所を触りたい」

誰にも見せたり触れられたりした事がない場所を、リオネル様に触られるなんて。

やっぱり無理だ、変だったらどうしよう。

「あ……本当に、今私を抱くのですか……？」

「抱く。レオンは、君をどんな目で見ていたと思う？　隙あらば自分のものにしたいと、訴えていた」

思い出すのは、レオン様の燃えるような深紅の瞳。その奥で、そんな気持ちを持って私と接していたなんて想像ができない。

絶対にそんな事はないと断言できるのに、息が上がって説明の言葉が浮かばない。

「リオネル様の、考えすぎだと思います……んっ！」

油断して緩んだ太ももの隙間から、すっと手を差し込まれてしまった。下着の上から擦るように中心を撫でられて、改めて抱かれる事を意識してしまう。

「布越しでも、濡れているのがわかる」

「いや……言わないで下さい……ふ、やぁ」

「僕は嬉しいよ。僕の愛撫でミネットが目一杯感じてくれて、こんなに濡らして……」

くちゅ、と下着をずらして直接指が閉じられた媚肉に触れた。

自分でも見ない身体の秘部に、リオネル様に触れられている事実が、私の羞恥心を強く煽る。

しとどに濡れているのか、ゆっくりと触れて上下に擦られた指が粘膜の中へ沈んでいく。

その間にも胸をしゃぶられ、身を捩るたびに蜜口がひくひくと指を誘っている。

怖い、けれど、さっきから腰が揺れてしまう。そのたびに、指の先が隠された尖ってしまった花芽に触れ、びりびりと刺激が走る。

「ふっ、ああ……！　何で……っ」

「女の子の気持ちよくなる場所だよ……僕が見てあげよう」

リオネル様はしゃぶっていた乳房から離れ身体を起こし、私の両脚の間に強引に入ってきた。

ボリュームのあるドレスの裾を分けて、私の秘部がリオネル様の目の前に晒されてしままう。

「いや、だめです！　そんな所は見ないで、やだっ」

必死に脚を閉じようとしても、リオネル様がいて叶わない。

熱い指が、媚肉をそっと開く。叫び出したいほど恥ずかしいのに、ひくひくと反応して何かが溢れ出すのを止められない。

「……ああ、僕に見られて悦んでくれているんだね」

花芽の先端にそっと指が当てられ、くにっと押し潰される。ぬるりと滑り、また尖りを優しく潰される。

「あ、あっ、変です、なんかきちゃう――！」

くにくにと潰され、蜜口から掬い取られた愛液を塗り込まれて、二本の指先で花芽が収まる皮ごと挟まれ扱《しご》かれる。

ほんの小さな秘部の尖りが、こんなに快楽に富んだ場所だなんて知らなかった。

「どんどん硬く尖って……桃色で可愛らしい……そっと剝いてみようか」

「な、何を……？　あ、やっ！」

扱く動きをしていた指が止まり、指の間でむにっと埋もれていた尖りが徐々に顔を出す。

「はぁ……舌を絡めて舐め上げてあげたいな」

興奮した声色、晒け出された部分が親指でくるりと撫でられた。

その瞬間、今まで感じた事のなかった刺激が腰から頭に突き抜けた。

「――ひ、は、ああんっ！」

目を開いているのに、その奥がチラチカする。さっきまでひくついていた蜜口の中が、ぎゅうっと締まる。身体は一瞬ぐっと力がこもったあと、それを全部放り出したようにぐたりとなってしまった。

「僕の指だけでイッてしまったんだね」

「……あ、は……ごめんなさい……っ」

胸が大きく上下して、深く息を吸っても上手く呼吸が整わない。

まだ下腹部がぎゅうっとしている感じがして、じんじん疼いている。

「謝る事じゃないよ……嬉しいんだ。もっともっと僕の手で、乱れて気持ちよくなろうね」

「もっと……ですか？」

蜜口に指が立てられ、ぬぷっと差し入れられる。粘膜の中を、指がゆっくりとねじ込まれる。

最初は浅く、徐々に深く。今度はキスをしながら、口内もリオネル様の舌でねぶられる。

「んん……は、ぐちゃぐちゃになっちゃうっ」

「いいよ。僕が全部見ていてあげるから、安心して。全部が綺麗で可愛くて……最高だ」

擦られて、指を増やされて。抜き差しされる指や手が、濡れて卑猥な水音を立てるたびに、興奮して声を上げてしまう。

「あ、ああっ！　はしたない……こんな私、恥ずかしい……やぁ」

リオネル様に、心も身体も深く鋭く暴かれていく。

「僕も同じだよ……ほら……見てくれる？」

リオネル様が私から離れる。

ぎしり、と寝台が微かに軋む音を上げた。

二人が重なって熱を与え合った肌が、寂しさで震える。

リオネル様がベストやシャツを脱ぎ、ズボンの前をくつろげた。

「ほら……僕のはもうずっと、ミネットの中に入りたいと涎《よだれ》を垂らしているよ」

ごそりと取り出された肉棒は、猛々しく反り返り、その先端はぬらぬらと濡れて光って見えた。

「だ……男性も、濡れるのですか？」

「うん。興奮してどうしようもなくなると、硬くなって涎を垂らす。僕のはもう、ミネットと唇を重ねた時から……ずっとこうだ」

私に見せつけるように、リオネル様は片手で握った自身を上下に扱く。

くぷりと何かが先端から零れて、くちゃくちゅと音を立てている。

「これを、今からミネットに迎え入れて欲しいんだ……ほら、見つめられてまた大きくなった」

そう言われて、更に凝視してしまう。

リオネル様の端正な顔立ちからは想像ができない、赤黒く太く凶悪に見えるそれから目が離せない。

「それは、それは私の中に入らない……かも」

「どうして？　こんなにお預けされても、いい子で待てをしているのに？」

リオネル様は、扱く手を止めない。私の戸惑う表情にも興奮しているようだ。

「乙女には、凶悪な大きさでは……？」

他の男性を知らないので比べようがないけれど、明らかに難しそうな事は物理的にわかる。

ふっと、汗を滴らせたリオネル様が笑う。

「僕はこれを根元からミネットに食いちぎられても、本望だよ」

そう言うと、私の脚の間に半ば強引に入り込んだ。

くしゃくしゃになったドレスから伸びる剥き出しの白い脚に、ちゅ、と口付ける。

「初めては痛いと聞いている。もっと時間を掛けて舐めて、慣らしてあげたいんだけど、それは次にちゃんとするからね」

脚が大きく開かれ、ぬるぬると媚肉に何かが擦りつけられる。

ぷっくりと膨らんだ花芽をつつき、蜜口に擦りつけられる。

それがついさっきこの目で見た、リオネル様の猛々しいものだとわかった。

「や……怖い……無理です、んんっ」

「力を抜いて……痛みを逃すのに、腕を引っかいても噛みついてもいいよ。ただし、逃げないで……君の人生の最初で最後の男は……この僕だけだ」

普段聞きなれない、掠れた低い声に驚く。

思わず逃げるのを忘れてしまった腰を摑まれた。

そうして、一層ぬかるむ場所にゆっくりと強く押し当てられる。

ぐちゅ、といやらしい水音がする。

「ひ、あっ」

指一本や二本とは違うずっしりとした質量が、私の中へ確実に入ろうと押し当てられる。

閉じられた路をこじ開けるように、みちみちと進もうとしている。

「リオネルさまぁ……！」

これからくる痛みに怯え、名前を呼んでしまった。怖い、けれど、中まで暴いて欲しい。

覚悟とは裏腹に震える脚を、リオネル様がなだめるように一度撫でる。

そうして再び、ぐっと腰が押しつけられた。

「……いた、あっ……むりぃ」

「……っ、ミネット、できるだけ力を抜いて」

狭い肉の入口、その中に、めりっと音でも立てそうに熱い切っ先が進もうとする。

ぐ、ぐ、と体重を乗せられると、ぐにっと肉棒の先端が入った。狭く温かなぬかるみに、少しずつ沈んでいく。

熱い、きつい、痛い。なのに、心の中が怖いほど満たされていく。

リオネル様は私の痛みをそらそうと、唇や首筋にキスを何度も落とす。

「あ、あぁ、んんっ！」

自分の内側を溶かすほどの熱を持ったリオネル様を、しっかり感じる。

目一杯入口が広がって、膣路はじんじんと痛み始めた。

「……はぁ、よく頑張ったね。入ったよ……でも、もう少し奥まで行きたい」

「や、無理です、これで目一杯ですっ」

「一番奥でミネットを感じたいんだ。齧《かじ》っても引っかいてもいいから、僕を受け入れて」

体重が掛けられて、ずり、とリオネル様のものが更に先へ進んだと、痛みで感じる。

ぎゅうぎゅうで苦しい、凄く痛い。

なのに、嬉しい気持ちがまた溢れてくる。

リオネル様の汗が、私の肌の上にぽたりと落ちた。

「熱い……ミネットの一番奥だ。ここに僕の子種を託したら、可愛い子供ができるんだね」

しみじみと口にするリオネル様の様子に、緊張が少しだけ解ける。

「子供だなんて、まだ結婚もしていませんよ?」

冷や汗が浮かんでいるかもしれない情けない顔で、笑ってみせる。

「うん……そうだけど、想像してしまうんだ。ミネット、僕に乙女をくれてありがとう。僕を君の最初で最後の男にしてもらえて……嬉しい」

リオネル様は、慈しむように私のお腹を撫でた。

そうしてお互いに見つめ合い、静かに唇を重ねる。

今貰えた言葉と、この熱と痛みの思い出があれば死ぬ事に未練はない。

「私も……ありがとうございます。今日のこの事は、絶対に何があっても忘れません」

「そんな、今にもお別れになりそうな顔をしないでくれ」

離さないとばかりに、ぐっと腰を打ちつけられる。

「ああっ！　や、あんっ！」

じわりと生温かい物が流れ出る感触に、本当にリオネル様に乙女を捧げた事を実感する。

浅く繰り返しかき回され、たまに深い所を抉《えぐ》られる。汗が噴き出し、リオネル様以外の何も考えられなくなる。

部屋は、私の嬌声とリオネル様の荒い息遣い、たまに気遣う優しく甘い言葉で満ちていく。

痛みはそのうちに、本能で求められている快楽に塗り替えられた。

軋む寝台の音さえ、興奮の材料でしかない。

「……もっとミネットの中にいたいけど、もちそうになくなってきた」

あんなにきつく侵入を拒んでいた蜜路の肉は、リオネル様を受け入れられるまで柔らかく絡まり溶かされていた。

刺激で寝台から浮いた背中の隙間から手を差し込まれ、強く抱きしめられる。

私も、リオネル様にしがみつく。

そのせいで、より一層深く繋がった。

「――んんっ！」

最奥を突かれた鈍い痛みに涙が出る。力が入り、リオネル様のものを締め上げる。

「はぁ、は、ミネット」

「……リオネルさまぁ……！」

二、三度、最奥にぐっと先端が擦りつけられたあと。じわりと胎内に欲が放たれたのを感じた。

リオネル様が脱力した身体で、私を強く抱きしめる。

まだ繋がったままの二人の間から、くちゅっと放たれた子種が零れ、ドレスを汚した。

汗で濡れたリオネル様の前髪が私の肌に触れる、その感触さえも愛おしい。

涙を堪えて目を閉じ、この一瞬で最上の幸せを噛みしめた。

四章

舞踏会から帰ってきたのは、翌日の朝だった。

朝といってもまだ空が白み始める前、藍色の空に星がいくつか残る頃だ。

くしゃくしゃになって、とても人には言えないシミや汚れがついてしまったドレスは寝台でぽいっと脱がされ、そのあとはまた身体をまさぐられ……。

結局はリオネル様の信用する、あの秘密の部屋へも掃除などの出入りが許されているベテランの侍女に、身なりを整えてもらった。

とてもじゃないけれど、恥ずかしくて顔を上げられない。

事後なのはどう見ても明らかで、私の身体の柔らかい場所にはいつの間にかキスマークまでつけられている。

それに自分で気付いた時、顔から火が出るかと思うくらい熱くなってしまった。

侍女は、お気になさらずに！　という雰囲気を無言で醸し出して徹底的にナチュラルに接してくれた。

リオネル様は裸の私が丁寧に身を清められ、一枚ずつ肌着から着せられていくのを楽しげに眺めていた。

真新しいドレス、私の為に作らせたという細工の凝ったネックレスに、髪飾り。それにドレスのデザインに合わせた靴まで。

申し訳ない、いらないとは言えない。王太子であるリオネル様のご厚意をむげにはできないうえ、遠慮が過ぎるのも失礼に当たってしまうからだ。

今から帰るだけなのに、と内心では思いながら、リオネル様が選んだ物だけを身につけた自分が、嬉しいと鏡の中から笑い掛ける。

歯を見せて笑ってはいけないと教えられているのに、高揚して顔が赤いまま、小さな子供みたいに笑っていた。

王室の馬車で夜明け前の街を抜けて帰ると、屋敷では執事やアニエスが寝ずに待っていてくれた。

「人とぶつかってしまって、ドレスを汚してしまったの。リオネル様が新しい物を用意して下さって……」

まさか本当の事は言えないので、なるたけ平静な顔で伝えたけれど早口になってしまった。

「それは災難でしたね。すぐにお風呂の用意をしましょう」

「いえ。もう寝てしまいたいわ」

「人混みでお疲れになったのでしょう。アニエス、お嬢様を部屋にお連れして下さい」

執事はそう言って、馬車の御者にお礼を伝えていた。

「アニエス、起きて待っていてくれたのね。初めての大きな舞踏会だったのに、先に帰してしまってごめんなさい」

いつもの簡素なドレスに着替えていたアニエスは、「いいえ」と首を振る。

「そんな、謝らないで下さい。私はやっぱり緊張するばかりだったので、連れていってもらえただけでいい経験になりました」

ありがとうございますと、頭を下げる。

リオネル様と会ってみてどうだった？

聞いてみたいのに、抱かれた感触がまだ身体を包んでいてそれをためらう。

それに、着替えを手伝ってくれるアニエスに、キスマークをつけられた私が聞くのもおかしいかもしれない。

今日はいい。もう朝陽が昇って外は明るくなってきたけれど、これから眠ってしまおう。

予定も丸一日なかった。気だるい身体でやっと寝台に潜り込む。

アニエスへは、多分起きるのは昼過ぎになると伝えた。

あの部屋のものとは違うシーツの香りや肌触りに、まだ身体の芯で熱がくすぶっている。

決して乱暴ではない、丁寧に大切なものでも扱うように触れてきたと思えば、昂りを全て打ち込むような情熱的な動きに翻弄されっぱなしだった。

私、変な声や仕草じゃなかったかしら。知識としてはわかっていたけれど、身体を繋げるって凄い事だった。

人の体温を、熱くぐずぐずに蕩けた内側から感じるなんて。普段何も感じた事なんてない胎《はら》の奥が、リオネル様に貫かれて……痛みの中に生まれたもどかしい感覚に泣きたいほど切なくなった。

いつまでも、覚えておきたい感情と熱さだった。

瞼を閉じるとリオネル様の顔が浮かんできて、それからなかなか寝つく事ができなかった。

スイッチのオンとオフのように、人の気持ちが素早く簡単に未練もなく切り替えられたらいいのに。

身体の芯に残った、リオネル様がくれた熱が消えるまで、数日は掛かってしまった。

気を抜けば恥ずかしくなって照れたり、突然叫びたくなったり、かといえばボーッとしてしまったりと、一人で忙しくしていた。

何かあった事は薄々感じていても口には出さないアニエスは、いつも通りに側にいてくれる。

反省会も一人でたっぷりしたし、再度仕切り直していこうと決心がついた。

アニエスではなく、私が秘密の部屋でリオネル様に抱かれてしまったけれど、一応はアニエスとリオネル様は舞踏会の夜に出会ったのだ。

さっぱりしたものだったけれど、ゼロか百かで言ったら百だ。オッケー、大丈夫、このまま進めていこう。

午後は刺繍でも一緒にしようと誘ってみた。

リオネル様に実際会ってみた印象も聞いてみたかったし、他の攻略対象と密かに会っていたりしたら困るので、探りも入れたかった。

アニエスはやはり刺繍もまだ始めたばかりで苦手だというので、このタイミングでちょうどよかった。

今から少しずつ基本から練習して、『苦手』から、『ちょっと苦手』くらいになればいい。

母を亡くして突然男爵家に引き取られ、あまりいいとは言えない生活環境を思えば、刺繍ができなくても仕方がない。

私も妃教育の一環で先生から教わったのだけれど、そういう機会があったからできるだけで、もし境遇が違ったら針を持つ事もなかったかもしれないのだ。

私の部屋でソファーに並んで座り、刺繍枠に布を張って見せた。

「まずは端切《はぎ》れでステッチの練習をしていって、慣れたら図案を選んでハンカチに刺してみましょう」

「はい。私がもっとちゃんとできれば、お嬢様のお手をわずらわせる事もないのに」

アニエスは、しゅんとしてしまっている。舞踏会の時もそうだったけれど、貴族なら当たり前の事にアニエスは慣れていない。

だからか、普段は元気に働いてくれているけれど、自分が貴族らしい事をしなくてはいけない時には自信をなくしてしまっている。

憂いを帯びた横顔も綺麗だけど、アニエスにはやっぱり元気でいて欲しい。

「誰だって、何でも初めてからのスタートよ。アニエスは今その時ってだけで、気にする事はないわ。男爵令嬢の立場として大変な事は沢山あるけど、うちにいる間に必要な事は全部身につけてしまえばいいのよ」

そう伝えると、「はいっ」と返事をし笑ってくれた。

ソーイングボックスに並べられた刺繍糸の束から、好きな色を選んで数種類のステッチをゆっくりと刺していく。

アニエスは私の手元をじっと見ながら、見よう見まねで自分でも刺し始めた。

刺繍は嫌いじゃない。ひと針ずつ無心で進める事で、心の中が凪いでいく。

私の手から生まれる物との対峙、物の始まりを静かに見守るような穏やかな気持ちになれる。

ただ一列のステッチだって、同じだ。繰り返し練習すると、美しく見える間隔を指先が摑んでいく。頭ではなく、身体がそれを覚えていく。

その時の、ただ指が正確に動くのを見ているだけの時間が好きだ。

「お嬢様って、不思議な方ですね」

「そう？　世間では最近、屋敷に男を連れ込む悪い令嬢だなんて噂されてるのよ？」

「悪い令嬢だなんて、そんなっ」

「私がもっと社交界に顔を出して、付き合いもしていれば違ったのだけど。こんな容姿だし、そこだけは勉強させてあげられなくてごめんね」

社交界にも通じていれば、アニエスを助けてくれるような貴族にも紹介してあげられたのに。

ただ、クーロ家がこの国でも有数の大貴族だったのが救いだ。

クーロ家令嬢付きの侍女、という肩書きがアニエスの立場を守ってくれている。

「いいえ！　身に余るほどよくして頂いています。本当は私より、もっと侍女に相応しい令嬢もいたのに……」

アニエスの手が止まった。

「……アニエスは、本当は侍女になりたくなかったの？」

「いえ、そんな事はありません！　私が父に、なりたいと言いだした事なんです。でなければ、今頃は継母に……娼館に売られていたところでした」

「娼館ですって⁉」

アニエスが父親に引き取られたのは、その容姿を利用して名のある貴族の家へ嫁がせ、自分の名声を守る為。

ゲームではここまではわかっていたけれど、まさか継母から娼館に売られそうになっていたなんて驚いた。

「私の立ち居振る舞いからご存知だとは思いますが、十二歳で父に引き取られてからも、令嬢として教育を受けた事はありません。継母や、姉や妹達からは下女として扱われていました」

自分の夫が、平民との間に作った娘を引き取ると言いだしたら、その奥方や子供達が大反対するのは安易に予想できる。

「男爵は、引き取った娘がそんな目に遭っていても、何も言わなかったの？」

「はい……。私の母は男爵家でメイドとして働いていた時に、父に目をつけられて私を妊娠し、継母に追い出されました。母は愛人なんて言われていましたが、そんな事はありません」

これは私の知らない話だ。アニエスは『男爵の愛人の娘』ではなく、『無理やり手ごめにされたうえに、妊娠させられたメイドの娘』、という事だろうか。

それなら、継母がきつく当たる理由に更に納得がいく。

ただ、いつか嫁げばいなくなるアニエスを、娼館へ売ろうとしていたのか。

「男爵は、奥さんに負い目があるのね。自分がしでかした事なのに、それなのに引き取っておいて娼館へ……というのはどういう事か聞いてもいい？」

涙が今にも溢れだしそうに、アニエスの大きな瞳が一瞬にして潤んだ。

これ以上はいけない。何かが起きて、アニエスの心はまだ傷ついたままだって事を私は目の当たりにした。

「い、言わなくていい！　大丈夫、ごめんね、そんなの聞かれたくないよね」

自分の無神経さを恥じながら、この話は一旦終わりにしようとハンカチを握らせる。アニエスなら遠慮して受け取らないと思ったから、その手を取ってぎゅっと握らせた。

冷たい手だった。もしかしたら怖い事を思い出して、緊張していたのかもしれない。

街で大男に連れていかれそうになった時も、娼館に売られたあとの事が頭をよぎっていたのかも。

「いえ、お嬢様には知っていてもらいたいです。私はあの屋敷で……。あの屋敷で、一緒に働いていた男に襲われそうになったんです。それを今の母に知られ、『母娘《おやこ》揃って』と罵られて……」

継母の強い進言と男爵家の財政難という事情も合わさり、美しいアニエスを最も高く売れそうな高級娼館を探し始めていたという。

もちろん、アニエスは自分が襲われた被害者だという事、娼館へ売られるのも嫌だと訴えた。

けれど、父はそれらを聞かず、継母の独壇場になってしまったそうだ。

「そんな……酷いわ。どちらもアニエスやお母様のせいではないのに。それに襲われそうになったなんて、ごめんなさい。嫌な事を話させてしまったわね」

アニエスは小さな声で、「ありがとうございます」と呟いた。

「……私からお願いしたんです。父よりも位の高い貴族と結婚して、お金の援助をもらい、男爵家の後ろ盾になってもらうので、まずは行儀見習いに出たいと……。だから娼館へ行く話は待って欲しいとお願いをしました」

アニエスのこの容姿なら、あり得る話だと考え、男爵はこの話に乗ったのだろう。

高級娼館へ売った一時的な大金より、貴族へ嫁がせた方がメリットは遥かに大きい。長い期間、資金援助を受けられる可能性もある。

そうして男爵は伝手やコネ、もしかしたら大金を未来への投資として使い、クーロ家への紹介状を手に入れたのかもしれない。

アニエスがここへやってきた経緯が詳しくわかった。

「ここで行儀見習いをして、父親の為に貴族へ嫁いで夫に援助を頼んで……そうすれば娼館への話はなくなるわ。でもそれがアニエスの本当にしたい事じゃないわよね？」

貴族の令嬢に生まれたら、政略結婚が普通だ。もはや、義務に近いと言っていい。

家を末永く繁栄させる為の駒で、結婚すればすぐに子供を産む事を望まれるのだ。

それが貴族の家に生まれた女の子達の、当たり前で『普通』の人生だ。

こんな事を仮にも男爵令嬢であるアニエスに聞く私は、相当おかしい。

アニエスも、驚いて目を見開いている。でもそれは、私がおかしいからではなく図星だったからだ。

「やっぱり、やっぱりお嬢様は不思議な方です。どうして私の考えている事がわかるのですか？　やはり、神子様にはそういった力があるのでしょうか」

知っていますとも。大好きなゲームのヒロインが貴女だったんだから。

なんて言ってしまったら、途端に世界が光に包まれ、無になってしまいそうで恐ろしくて言えない。

アニエスの勘違いに、ちょっとだけ乗っかってしまおう。

「そうね、そういう力なのかしら。でも何でもわかる訳ではないの。アニエスなら、こう考えているんじゃないかなって思うだけ」

私はなんて都合のいい容姿をしているんだ。確かに神子の特徴を持つ私なら、アニエスが思っている事を当てても不審には思われない。

密かに不気味には思われてしまうかもしれないけど。

「アニエスは身分の高い貴族に嫁いで、自分を酷く扱った男爵家の人間を……見返してやりたいのね。馬鹿みたいに援助を期待している父や、助けて欲しかった時に信じてくれなかった継母達の、鼻を明かしてやりたい」

当然、持っていても不自然ではない感情だ。

手を出して身重にした母を追い出した男爵が今更自分を引き取るなんて、まずその時点で不自然極まりない。

粗方、たまたまアニエスの美貌の噂でも聞きつけ、将来的にどうにか利用しようと引き取ったのだろう。

十二歳の孤独な平民の女の子に、それを断り回避するなんて無理な話だ。

連れてこられた屋敷での扱いも最悪、あげくの果てに襲われ掛けて罵られ、娼館に売られそうになるなんて……想像を絶する。

「……そうです、そうなんです！　あの家よりもずっと身分のいい貴族の令息と結婚して、自分のした事を棚に上げて私に期待している……あの屋敷の人間を全員裏切ってやりたいんです……！」

いつも明るくて聡明なアニエスが、瞳孔を広げてして興奮しながら本音を吐露している。

薄く笑う顔は紅潮して、「絶望させてやる」と壊れたように繰り返す。

それは自分に言い聞かせているのか、亡きお母さんに強く誓っているのか。

「私の武器になるものは、せいぜい母に似たこの容姿しかありません。なら、最大限に使ってやり返してやるって決めたんです」

「復讐するって事？　いいわね、そういうの嫌いじゃないわ。それにアニエスはとても綺麗だもの、この世で唯一の、最高の武器にも……宝石にもなれる」

誰にも言えなかった仄暗い企みに賛同を得たのがよほど嬉しかったのか、アニエスは見とれるような笑顔を浮かべた。

「神子であるお嬢様にそう言ってもらえると、これから何でもできそうな気がします。こんな腐った汚い感情、誰かに素直に話したのは初めてで……泣きたいほど浮かれています」

ああ、これが本当のアニエスだ。

男爵家の人間を心底憎み、自分の容姿を武器にして、ここから血反吐《へど》を吐いてでものし上がろうと企むアニエス・アンリの姿だ。

私は胸の奥から湧き上がる、アニエスに対する同情と庇護欲、そして安堵に、ひたひたに浸っていた。

「私に仕えている間、自分に有益になる事はどんな事でもしっかり身につけなさい。それは薄くても確実に重なって、厚く固くアニエスを護る盾や鎧になる」

「はい」

「……それから、どうせ復讐するなら派手にいきましょう。結婚するなら、その辺の貴族じゃだめよ、もっともっと上を狙わなくちゃ」

　私の提案に、アニエスが身を乗り出す。

「具体的には、私ならどの辺りまで狙えると思いますか？　後妻でも構いません、男爵家より上ならば」

「男爵家より上の爵位持ちなんて、正直掃いて捨てるほどいるわよ。そうね……アニエスなら、この国の将来の王妃にだってなれるわ」

　アニエスが私の顔を見つめる。思考と動作が一緒に停止したように、目は瞬きを忘れて見開かれたままだ。

　たっぷりと十秒以上は経った。

「あ、あの、この国の将来の王妃はお嬢様ですよ？」

　さっきまで高揚して赤く染まっていた顔が、今度は真っ青になっている。

「そうね。このセルキア王国の王太子、リオネル様の婚約者は私だわ。でも……それは子供の頃に負った傷が残ってしまって、リオネル様が責任を感じて婚約を申し込んでくれただけよ。それに、神子だしね」

「それでも、普段からあんなに愛されているじゃないですか。王太子様の妃には、お嬢様以外には考えられません！　それに、舞踏会の夜だって……」

『二人は肌を合わせたのでしょう?』と言いたげに、もじもじしている。

「……違うわ。あの夜の相手はリオネル様ではないの」

リオネル様から贈られたドレスを着て帰ってきた私の言葉に、アニエスはあからさまに混乱している。

私も嘘からくる動揺を悟られないよう、手にかいた汗を握った。

「ええーっ、それはいくらなんでも……私だって嘘は見抜けます。お嬢様も、王太子様の事を……」

「嘘じゃないわ。アニエス、主人である私を疑う気?」

「それは、その言い方はずるいです……」

全くその通りだ。こう言ったら、侍女であるアニエスは私に何も言えなくなってしまう。

誰から見たって、リオネル様は私をとても大切にしてくれている。

それはアニエスが登場する以前だったからだ。

多少誤差があるというか、若干私の知っている王太子ルートとは違っているけれど、これからゲームの強制力を利用して軌道修正をはかるのだ。

だから、リオネル様はいずれアニエスを好きになる。

そうでないと……とても困る。

「とにかく。私はこのままリオネル様と結婚する訳にはいかないの。そこに、貴女が現れた。私はリオネル様と、アニエスに結婚して欲しいと思ってる」

「冗談ですよね、お嬢様、冗談だって言って下さい！」

「冗談じゃないわ、本気よ。私達は、お互いに都合のいい存在よ。利用し合って望みを叶えましょう」

私を神子だと信じるアニエスに、これからいくつ嘘をつくんだろう。

ただ、口にした事で引き返せなくなった分だけ、前に進めた気がする。

迷ったり泣いたりする資格は、もうなくなった。

「アニエス、どうせ男爵家に復讐するなら、この国の令嬢達のてっぺんを獲りなさい。リオネル様なら……愛する妃に害を及ぼす男爵家なんて、すぐに取り潰してくれるわよ？」

にっこりと、リオネル様が女神のようだと讃えてくれた笑顔をアニエスに向ける。

手を取り、その碧色の瞳を覗き込むと、冷や汗をかいたアニエスがごくりと唾を飲むのがわかった。


国王の体調は戻りつつあるけれど、まだリオネル様のサポートが必要なようで、舞踏会の夜から顔を合わせてはいない。

城から馬車へ乗り込む私に手を貸し、頰にキスをくれて『名残り惜しい』と言ってくれたのが最後だ。

「国王様のお加減を見てだけど、リオネル様にお茶会に来て頂けるようお手紙を書こうと思うの」

私とアニエスが結託してから、数日が経った。

本来ならば舞踏会の夜に一目惚れされたアニエスは、リオネル様に秘密の部屋で抱かれ、それから密かに逢瀬を重ねる事となる。

罪悪感を覚えながらも惹かれ合う二人。ある夜、アニエスは疲れた表情を見せるリオネル様に滋養剤を渡すが、それは実は媚薬で……というようにイベントが起きる。

街の宿で半分ずつ飲んだ二人は、そのまま理性を吹き飛ばした熱い夜を過ごし、ますますお互いに溺れていくのだ。

「お茶会、いいですね。きっとお嬢様に会えるって、王太子様もお喜びになります」

ニコニコと笑うアニエスの刺繡の腕は、なぜか一向に上達しない。

今も隣で刺繡を刺す練習をしているが、初めて針を手にした五歳児レベルだ。

「違います、アニエスとリオネル様とがまた顔を合わせるようにお茶会をするの！　舞踏会の夜にご挨拶したんでしょう？」

「挨拶はさせて頂きましたが、あれはお嬢様はどこに行った？　って聞かれただけで……」

「それでも、とりあえずお互いの姿を認識して顔を合わせたわ。フラグは確実に立っているのよ」

「ふらぐ？　お嬢様はたまに難しい言葉をお使いになりますね」

アニエスは私の提案に、まだ完全には乗っていない。

リオネル様には私が一番お似合いで、リオネル様も私を愛しているからと、なかなか乗り気になってくれないのだ。

そのうちリオネル様がアニエスを好きになったら、そんな事は言っていられなくなるよと心の中で呟く。

激しく深く愛されて、すぐに陥落しちゃうんだから。

「それでね、そのお茶会で既成事実を作ろうと思っているの。媚薬を使ってね」

「えっ、媚薬ですか？」

まさか私がそんな提案をするとは、想像もしていなかっただろう。

驚いたアニエスに握られた刺繍枠が、ミシッと音を立てた。

「そう。リオネル様に媚薬をほんの少し盛って、アニエスを意識してもらうの。アニエスはリオネル様が苦しそうにしたら、献身的にお世話をするのよ。でも万が一、本気で手を出されそうになったら全力で逃げて」

「既成事実なんて言うから、てっきり最後までシちゃいなさい、って命令されるのかと思いました」

刺繍枠を自分の膝に置き、ほっとしたようにふにゃっと微笑んだ。

男爵家で男から未遂であったけど襲われた事のあるアニエスに、最後までシろとは絶対に言えないし、言わない。

惚れ薬なんて便利な薬があれば万事解決するのに、それがない。なので、今回は少量の媚薬でドキドキしてもらう算段だ。

ちょっと苦しくて熱くてドキドキしている時に、アニエスに献身的にお世話されたら完璧に恋に落ちる。

既成事実として、そのシチュエーションを作りたい。

擬似的な胸の高鳴りだって、きっとすぐに本物になるから。

そこで身を任せず、逃げるのを勧めるのは、リオネル様が好きな人を追い掛けて囲いたいタイプの人だからだ。

「命令はしない、けど、お使いに行って欲しい。街には、医療薬と一緒にそういうお薬も売っているお店があるって聞いたわ」

うーんと考え込んでから、アニエスは私に向き直す。

「確かにありますね。男爵家でも、使いに行かされた事があります。あの店の店主は私がクーロ家の侍女になったのは知らないはずなので、父に言いつけられたふりをして買ってきます」

ただ、とつけ加えた。

「王太子様には効かない気がします。王族の方って、そういう薬には耐性がつくように訓練したりするんでしょう?」

そんな話は聞いた事がない。もしそうだとしたら、王族に加わる私もそういった訓練を受けるからだ。

「いや、そういうのはないと思うけど……どこでそんな話を聞いたの?」

アニエスは「えっ」と驚いて、みるみるうちに顔を真っ赤に染めた。

「違うんですか……?」

「だって、もしそんな訓練があったら私も受けるんじゃない?」

「ああー」と納得したように声を漏らして、アニエスは自分の顔を両手で覆った。

「……メイド達の間で、イルダの王族をモデルにしたという恋愛小説を回し読みするのが今流行っていて……私も実は貸してもらってからすっかりはまっているんです」

メイド達が仕事の終わった夜を、本を読みながらわいわい過ごしているのを知ってちょっと嬉しくなる。

ゲームではアニエスはミネットに虐げられ、いじめに巻き込まれたくない使用人達からも遠巻きにされていた

今の世界では、使用人達の中でアニエスが上手くやっていけているようで安心した。

「その恋愛小説に出てくる王族は、そういった類の薬への耐性があると……何だか格好いいし面白そうね」

「そうなんです！　その王族の中でも特に王太子様が格好よくて！　ミステリアスでクールで、刺客に毒薬を盛られても平気なんです」

それじゃまるで超人だ。なんて思いながらも、アニエスが盛り上がっているところに水を差すのはよくないので口をつぐんだ。

ルートを間違えれば、イルダに攻め込まれてこの国は墜ちる。

リオネル様が断頭台に上がるはめになったのも、そのせいだ。

「……確かに、本当に隣国のイルダがモデルならありそうな話ね。昔から内政がバタバタしていて不安定な国だから」

隣国イルダは好戦的な国だ。武力を何よりも優先し、常に後継者争いで揉めている。

そう伝えると、アニエスから「本当にありそうなのですか⁉」と黄色い声が上がった。

これは『推し』の情報を聞かされた人間の反応だ。何だか懐かしい気がして、胸の奥がくすぐったい。

わかる。わかるよ、推しの新鮮な情報は健康にいいよね。

暗くなり掛けた気持ちが何だか嬉しくなってきて、アニエスにその小説の話を聞きたいとおねだりしてしまった。

ただ……私は更に注意しなければならなくなった。

下手をすれば、バッドエンドに向かう『アニエス監禁ルート』に突入してしまうからだ。

このルートは、アニエスがイルダの王太子に見初められそうになった事を発端に、アニエスを渡したくないリオネル様が彼女を秘密の部屋に監禁してしまうというもの。

それはそれで邪魔者が入らずハッピーエンドに思えるが、ますますアニエスに執着したリオネル様は、次第にありもしない疑心暗鬼に囚われ、心が酷く病んでしまう。

監禁生活と、病んだリオネル様からの嫌疑の叱責を受け続けたアニエスは遂に疲れ果てる。そして、眠らず自分を見張り続けて衰弱したリオネル様を、手に掛けてしまうのだ。

そのきっかけを作らない為には、イルダの王太子とアニエスを会わせないようにすること。

私にできる最善の『監禁ルート』回避方法は、それしかない。

万が一監禁されてしまった場合、私が城に乗り込み、秘密の部屋からアニエスを奪還して、リオネル様の頭が冷えるまで隠してしまおう。

アニエスは私の侍女ですもの、それを大義名分に振りかざして乗り込んでやる。


その後アニエスは街へ向かい、媚薬を手に戻ってきた。

それは小さな小瓶に入った、いかにもな桃色をした透明の液体だった。

「これが、媚薬？　何だかただの色がついた水のようにも見えるけど」

指先で持ち上げ、光にかざしてみる。

浮遊物なんかは確認できない。瓶を通して見てみた部屋の中は、甘い雰囲気を醸し出すようなフィルターが掛かっていた。

小瓶の蓋を開けてみると、甘ったるい香りがする。

「不思議ですよね。私にはさっぱりわかりませんが、父は喜んでよその恋人と使うと言っていました」

「そんな物、よく娘に買いに行かせるわね」

「変態の癖に、小心者なんですよ。他の使用人に知られたくないんです。あっという間に皆の噂になって、母に知られてしまうから」

納得だ。アニエスなら口も固そうだし、噂にもならなそうだ。

媚薬が手に入ったところで、次はリオネル様をこの屋敷に呼ぶ手紙を書く段階に入った。国王様の容態が安定してきて、リオネル様も政務の合間に少しずつ騎士団の方へ顔を見せるようになってきたと、レオン様から聞いた。

タイミングとしては、今だ。

私は『もしお時間ができたなら、息抜きに屋敷へお茶を飲みにいらして欲しいです。少しでも休息になるよう、美味しいお茶とお菓子を用意して待っています』という内容を、それはそれは丁寧に書いて執事へ託した。

リオネル様から返事が来るまで、そう時間は掛からなかった。

『久しぶりに会えるのを楽しみにしている』と締め括られた、要は早く顔が見たい、抱きしめたい、私の事ばかり頭に浮かんで身体が熱い、という内容が便箋三枚にわたって綴られたものが返ってきた。

それを読んで、ぼっと顔が熱くなる。

やっと落ち着いたと思っていた、舞踏会の夜にリオネル様に焚きつけられた火が、また身体の中で燃え上がりそうな感覚。

慌てて自室の机の引き出しに手紙をしまい、何度も大きく深呼吸を繰り返した。

後にリオネル様から再度手紙が届き、屋敷へいらして下さる日が決まった。

「アニエス！　お茶会の日が決まったわよ、目一杯おしゃれしなくちゃね」

「お嬢様の支度なら、任せて下さい。最近流行り出したメイクの勉強もばっちりです」

「だから違うってば、アニエスのおしゃれ！」

アニエスはそれをのらりくらりとかわし、最後には「主よりおしゃれして目立つ侍女なんていないですよ」と正論で返されてしまった。


いよいよリオネル様が来て下さる日になった。

久しぶりの王太子様の来訪だと、執事を筆頭に使用人達が朝から大張り切りだ。

用意される焼き菓子やケーキは何日も前から試作され、その都度お茶の時間に上がる。

それはもう頬っぺたが落ちそうになるくらいに美味しくて、日々続けている筋トレと相殺できず、ちょっぴり太ってしまったかもしれない。

使用人達は健康的でいいと言ってくれるが、お腹と一緒に胸まで微かに大きくなった気がする。

リオネル様に隅々まで触れられた夜から、身体は内側から変わっていった。肌ツヤがよくなり、体つきも心なしかより女性らしくなった。

好きな人に抱かれるというのは、こんなにもいい影響を及ぼしてくるのかと驚く。

朝からアニエスが、一生懸命に私の支度をしてくれた。

そのアニエスにも、あの街の仕立て屋に頼んでいた何着かの中の、特に似合っていた一枚を着てもらった。

「今日も可愛いね、アニエス」

「お嬢様、本当に……あの作戦を実行するのですか？」

アニエスはまだ、ここにきて迷っているようだった。

「やめないわよ。私は貴女を必ず、この国の未来の王妃にする。そしてアニエスを見下した連中を全員、心の底から後悔させてやる」

こうやって言えば、アニエスがもう何も言えなくなるのをわかっている。

「もしかして、私に巻き込まれて共犯になるのは嫌だった？」

「いえ。願ったり叶ったりです」

お互いに顔を見合わせ、改めて決意の確認ができた。

それから少し経ち、リオネル様が屋敷へやってきた。

久しぶりに見たお顔は疲れて少しだけやつれていて、何もできなかった自分がもどかしく感じてしまう。

「リオネル様、お久しぶりです」

「ミネット、会いたかったよ。許されるなら……君を城に閉じ込めてしまいたいくらいにね」

ぱっと、あの秘密の部屋での事が頭に浮かんでしまった。

照れてまっすぐにその顔を見られなくなってしまった私の耳元で、リオネル様は「意識してくれて嬉しい」と笑った。

応接間のテーブル、ケーキスタンドには、うちのシェフ渾身のお菓子や軽食が華やかに盛られている。

高級な茶器と、何種類かの茶葉が用意された。

「今日はお招き頂きありがとう。手紙を貰えて嬉しかったよ」

リオネル様はテーブルの向かい……ではなく、私の隣に座っている。それもぴったり密着していて、いつの間にか腰に手が回っている。

「リオネル様？　何だか少し距離が近いような……」

「どうして？　ミネットの体温や息遣いを側で感じたいんだ、だめじゃないだろう？」

肌を合わせる前よりも、ずっと親近感の溢れる、そしてちょっぴり欲を隠さなくなった笑い方。

その聞き方と顔は反則だ！　絶対にだめだとは言わせない圧力、回された手が腰をするりと撫でる。

「あっ……っ！」

「ほら、可愛い声も聞かせておくれ。僕は今、柄にもなく浮かれてるんだ、やっとミネットの顔が見られた」

ちゅ、と頬にキスを落とされて、身も心もぐずぐずに蕩けてしまいそう。

『私も』と言い掛けて、その言葉をぐっと呑み込む。

お茶を入れる為に部屋に控えていたアニエスに、目線で合図を送る。

（アニエス、今！　もう媚薬を入れちゃって！）

（予定より早くないですか⁉）

アニエスが目を大きく開き、本当に？　と訴え掛けてくる。

元々はアニエスをさりげなく加えて談笑し、場が和んだ二杯目のお茶に媚薬を入れようと計画していた。

でも――。

始めからフルスロットルでぐいぐいくるリオネル様に、私がもたない。

決意とは裏腹に、リオネル様に流されてしまう自分が情けなくなる。

言い訳を許されるなら、だって好きなんだもの。

リオネル様に生き残って欲しいと願う気持ちと、リオネル様を好きな気持ち、きっと根本は同じなんだ。

「……お忙しくされていたようで、少しおやつれになられましたね」

腰に回された手がこれ以上エスカレートしないよう、そっと上から手を重ねて動きを止める。

リオネル様が私ににっこりと笑う隙に、アニエスがさっと蒸らしていたお茶を注ぎながら媚薬を入れるのを目の端で確認した。

「今日の為に、珍しい茶葉を遠方から取り寄せました。身体が温まり、血の巡りがよくなるとか」

「僕の為になんて、ありがたい」

リオネル様にしては珍しい、眉を下げたふにゃっとした笑顔を向けてくれた。

懐かしい。私が幼い頃、七つ歳上のリオネル様はこんな風に笑ってくれていた。

あの頃からリオネル様は、私の唯一無二の心の支えで、将来の夢の全部だった。

「……リオネル様の為ですもの、何だってします」

笑い返したはずが、何だか泣きそうになって慌てて目をそらした。

アニエスがテーブルに静かにお茶を置いていく。ふわりと芳醇な香りが広がっていく。

リオネル様はカップを持つと、まずは香りを確かめた。

「うん、微かにバニラに似た香りがする。バニラビーンズでもブレンドされているのかな」

小瓶の媚薬から、確かに甘い匂いがしていた。それが紅茶と混ざり、バニラに似た独特な香りになっているようだ。

「そういった紅茶なのでしょうね。花や果物を乾燥させた物とブレンドする事で、香りや風味付けするお茶もありますから」

私もカップに口をつけるが、媚薬は入っていないのでバニラに似た香りなんてもちろんしない。

「……ふわっとした甘い香りがします」

なんて、それらしい事を言ってその場を凌いだ。

媚薬が効き始めるのは、経口摂取してから十分ほどからと聞いた。

「近いうちに、ちょっとした食事会に同席して欲しいんだ」

「食事会ですか、どなたとか聞いても？」

「イルダ国の、セドリック王太子が少しの間こっちに滞在するんだ。是非ミネットをセドリックに紹介したい」

アニエスの表情が妙にそわそわしているのは、小説のヒーローのモデルと言われる王太子を実際に見られるかもしれないからだろう。

ごめんね。アニエスには絶対に会わせる訳にはいかないのよ。

「ありがとうございます。是非とも同席させて下さい」

そう返事をしてから、ふとリオネル様の額にうっすらと汗が浮いているのに気付いた。

そろそろ、か。

「……リオネル様。すみません、少しだけ席を外しますね」

「どうして。具合でも悪いのかい？」

「久しぶりにリオネル様に会えると思ったので、身支度に気合いを入れすぎてしまって……その……」

コルセットを締め上げすぎて苦しい、と自分のお腹をちょっとさすり、あとは目線だけで訴えてみた。

具合が悪いと言ったら心配させてしまう。なら、こういった女の都合で押し通すのが最善だ。

とてつもなく恥ずかしく、どうしようもなくくだらない嘘だけど。

「僕しかいないのだから、もうそれは外しておいで。引き締まった素敵なお腹だって、もう知ってるんだから」

余裕たっぷりの大人の笑顔のリオネル様、そしてアニエスからの『やっぱり』という視線が突き刺さる。

「そ、それでは、しばし失礼いたしますね。アニエス、あとはお願いね？」

「はい。承知いたしました」

私は控えていた、もう一人の侍女を伴って応接間からしずしずと退場した。

侍女と自室に戻り、一応コルセットを緩めてもらう。侍女には少し休んでから戻るので、応接間には戻らずこの部屋の外で待っていてもらえるように頼んだ。

これで、応接間にはリオネル様とアニエスの二人きりだ。

計画では、しばらくしたら私が戻る予定になっている。

窓の外を見ると、爽やかに晴れた空の下で騎士団の方々が談笑をしていた。今日は数人来ているようだ。

遠くに、つがいだろうか、二羽で飛ぶ鳥がくるくると空中でダンスでもするように戯れている。

あの二羽は、どうやってこの広い世界で出会ったんだろう。

あっちとこっち、一瞬の選択の違いで二度と出会う事がなかったかもしれないのに。

「運命、なんだろうね……」

アニエスの為の世界で、あの二羽がずっと仲良く暮らし、天寿を全うする事を願う。

「私は選択を間違えない。ちゃんとやる……って決めてるのに流されちゃうんだよなぁ」

媚薬、ちゃんと効いているかな？　アニエスには少量だけ移した新たな小瓶を渡し、残りはこの部屋の机にしまってある。

アニエスは上手く介抱できているかな、心配はなさそうだけど、リオネル様は必要以上に苦しい思いをしていないかしら。

ごめんなさい、ごめんなさい。

はぁ、とため息をついて、窓辺から離れた。

引き出しから小瓶を取って眺めているうちに、そろそろ様子が気になってきた。

それにもう、応接間に戻る頃合いだ。

心配した侍女に部屋の外から声を掛けられ、慌てて小瓶をドレスの小さな隠しポケットに入れた。

応接間へ戻る途中で侍女には別の用事を言いつけ、緊張しながらも一人で向かう。

応接間の扉の前で耳を澄ませると、何とも静かなものだ。談笑も、ましてやあられもない声も、何も聞こえない。

音を立てず、そーっと覗けるくらいに扉を開けると、私の帰りを気にしていたであろうアニエスとばっちり目が合った。

応接間の状況は、私が応接間を出た時と何も、不思議なほど変わっていなかった。

アニエスはテーブルから離れたワゴンの横に控え、リオネル様はソファーで静かに寛いでいた。

ここからだと、鼻が高く美しいリオネル様の横顔が見える。

何も起きていない……？

アニエスが、私にだけ見えるように指で小さくバツを作る。その顔に、申し訳ないと書いてあった。

リオネル様は、涼しい顔をしてお茶を飲んでいる。

……失敗だ。街で手に入れてもらった媚薬は偽物だったんだ。

ポケットから小瓶を取り出し、蓋を開けるとそこから甘い匂いがした。

やっぱりただの、匂いのする水なのかもしれない。

衝動的に確かめたくなってそれを飲み込むと、苦いような甘いような、慣れない風味が口いっぱいに広がった。

「……うえ」

扉に手をついて思わずえずくと、聞きつけたアニエスが慌ててやってきてくれた。

「ミネット様、大丈夫ですかっ？」

アニエスは、下を向く私の背中をさする。

「ミネット、どうした？」

リオネル様もすぐに気付いて掛け寄ってきて下さる。

「……ごめんなさい、大丈夫です。アニエス、ちょっとお水を貰えるかしら」

こんな姿は見せたくないのに、その場にとうとうしゃがみ込んでしまった。

口の中に広がる嫌な味を、早く水と共に飲み下してしまいたい。

リオネル様の手がそっと肩に触れた。

「……お水を頂ければすぐに……」

『よくなります』と言い切る前に、ひょいっと抱き上げられてしまった。

「ミネットをこのまま部屋へ連れていく。すぐに水を持ってきてくれ」

アニエスは「はい！」と返事をし、リオネル様はすたすたと歩きだした。

「ほら、ちゃんと僕の首に手を回して摑まって」

「はい……」

返事をして首に手を回すと、その触れた肌が汗ばんで驚くほど熱い事に気付いた。

私の部屋へ着くと、すぐに水差しとグラスを持ったアニエスが来てくれた。

「ミネットをこのまま休ませるから、僕が声を掛けるまで二階は人払いを頼むと執事に伝えてくれ」

リオネル様の言葉を聞いて、アニエスは水をテーブルへ置くと、すぐに部屋から下がった。

二人きりになると、リオネル様は私を寝台へ静かに下ろす。

そのお顔から、一筋の汗が流れた。

「用意してくれたお茶、かなり血行がよくなるみたいだ。君もそれできっと……」

つい、と指先で腕に触れられると、まるで電流でも走ったかのようにびくんと敏感に反応してしまった。

「……あっ！」

声が勝手に上がり、指先だけで触れられた場所からじわじわと身体が熱くなる。

お腹の奥がきゅんとなって、ドレスの裾の中で太ももを無意識に擦り合わせてしまう。

まさか……さっき私が直に飲んだ媚薬は……！

「やっぱり、ミネットもつらい？　僕も……君以外にこんな顔を見せたくなくて……我慢していたんだよ」

間違いない、あれは、あの媚薬は正真正銘の本物だった！

余裕のない、欲に溺れたリオネル様のお顔を見て、私の身体も心も、一気に火がついたように熱く疼いてしまった。


陽がまだ高く、いつもなら刺繍などを楽しんでいる時間。

部屋には淫靡な水音と、シーツを噛んでも殺し損ねた私の喘ぎ声が満ちる。

お互いに着ていた物など、汗にまみれてとっくに脱ぎ捨てていた。

「あ……あ……っ」

寝台の上で、私はリオネル様に大きく脚を開かされていた。下着なんて、とっくにどこかへ行ってしまった。

太腿の内側からじっとりと舐められ、食まれている。

こんな明るい場所で、またリオネル様にしか見せた事のない秘部を晒してしまっている。内腿に彼の髪が、舌が触れるたびに、ひくひくと誘うように蜜口から愛液が零れてしまう。

「やはりどこを触っても、感度がいい……！」

生温かくじめっとした舌が、敏感になっている肌を這う感覚に身体が跳ねた。

舞踏会の夜とは違う、今はただ快楽を貪る獣になってしまった。

恥ずかしいのに、身体はリオネル様に触れられるたびに熱く淫らになってしまう。

リオネル様も、欲望のままに柔らかなお尻の肉を揉みしだく。

「この間は、じっくり舐めてあげられなかったからね……」

そう言って、ぴたりと合わさった秘肉の間を指先で撫でる。すでにじんじんと痛いくらいに尖った花芽に触れ、ぴりっと快感が走り腰が浮いてしまう。

ぬるぬると、花芽から蜜口までを、自分の物ではない硬い指が行ったり来たりを繰り返す。

「あ、あ……、はぁっ」

「綺麗なピンク色だ……下生えも薄くて、とてもそそられる」

今度は親指で、軽く被った皮を割り広げられた。

そうして、充血して尖った花芽が熱い舌に包まれた。小さな器官が下から舐め上げられて、悲鳴に似た嬌声を上げてしまう。

「あ、だめです……あぁーッ！」

じゅる、じゅ、と濡れた花芽を啜られ、舌先で押し潰されて、思わず太腿でリオネル様の頭を挟んでしまう。

それでも口淫は続けられ、まるで果物にしゃぶりつくように、ぴちゃぴちゃと舌で扱かれる。

何度達しても、逃げる腰を摑まれ力強く固定され、またねぶられる。

狭い蜜口にも舌をねじ込まれ、浅い所をかき回される。

身体が与えられる感覚を全て拾ってしまうから、つらいのに強烈に気持ちがいい。

「や、やぁ……もう、もう……ここ、すわないでっ」

まだ執拗に舌を絡める花芽を、自分の指を伸ばして隠す。リオネル様は、私の指をちろちろと舐め始めた。

「どうして、とてもよさそうなのに」

「だめなんです、きもち……よすぎて……！」

指の下で、ぷっくりと腫れてじんじんとする。なのに、指の隙間から舌が触れると、ま

た欲しくなってしまう。

「ここ、私の……変になってしまったかも」

「どれ、僕が見てあげるから……自分でよく広げて見せてごらん」

ちゅ、と優しいキスを数度指や太腿に落とされて、恥ずかしい気持ちが飛んでいってしまった。

中指と人差し指で、花芽を被っていた薄い皮をそうっと、リオネル様の目の前で剝いてみせた。

空気に触れると、ふるっと震える。

「ミネットのここは、気持ちよくて膨らんでいるね……そのまま指で押さえていて」

ふぅっと息を吹き掛けられたと思ったら、唾液をたっぷり乗せた舌でぴちゃりと、ひと舐めされた。

さっきよりも、もっと強い刺激が身体を貫く。脚がぴんと伸びて、力の入った足先が丸くなる。

「あんっ！　ああ……っ！」

「そのまま、まだ拡げていて……いやらしくて、最高に可愛いな」

今度は、狭い蜜口から指が一本入れられた。出し入れされる刺激に腰が浮くと、すかさず尖りをちゅうっと吸われる。

「はぁっ、あんっ、ああ！　気持ちよくて……しんじゃう！」

「もっと舐めていいかい……？」

こくこくと頷くと、思い切り吸いつかれた。

出し入れされる指が増やされ、リオネル様の息遣いもどんどん荒くなっていく。

上体を起こしたリオネル様が、私の腰を摑むとそのままひっくり返す。

寝台に這うような姿になった私の脚の間に入り、腰を摑み持ち上げた。

「きゃっ！」

リオネル様の前で、四つん這いの獣のような格好になってしまった。

羞恥心が、更に欲を煽る。恥ずかしいと思うほどに、腰が揺れている。

「ミネット、今度は僕のを……君の中で可愛がってくれ」

熱く硬いものが、びしょびしょに濡れて蕩けた蜜口にあてがわれる。

さっきまでリオネル様の指で拡げられていたとはいえ、圧倒的な質量と熱さに腰が逃げてしまう。

「だめ、逃げないで……僕の全てをミネットの中に入れてくれ……！」

腰を摑まれ、再度あてがわれた硬い肉棒が蜜口を、秘肉をじわじわとこじ開けていく。

「うあ……あ……あぁっ」

散々達していた私の中は、昂って充血しているのか狭くなっている。そこを少しずつ、最奥を目指し押し拡げられていく。

「狭くて、熱くて、僕のをぎゅうぎゅうに締め上げてくる」

ぐ、ぐっとリオネル様の下生えがお尻に触れる。私の中はいっぱいで、少しでも動かれたら、肉棒に絡みついた中が刺激を拾ってしまいそうだ。

「……入った、ミネットの小さな入口が……僕のでいっぱいに拡がっているよ」

繋がっている所に触れられたかと思ったら、すぐにとんっと腰が突かれた。

びりびりっとお腹に、膣道に刺激が走り、気持ちよさでぎゅうっと更に締まるのがわかった。

「ああっ！　あっ、まだ……まだ動かないでぇっ！」

汗がどっと噴き出す、頭の中がちかちかする。

「ごめん、無理だ。強くはしないから……動きたい」

はあっと、熱い息をリオネル様が吐いた。

後ろから突かれて、内蔵が押し上げられて肺から空気が喘ぎ声と一緒に漏れる。

腰を掴んだ手に力が入って、最奥を強く突かないように、リオネル様が我慢してくれているのが伝わってくる。

硬かった膣道はとろとろに蕩けて、抽挿を繰り返す肉棒を逃がすまいと絡みついている。

気持ちいい、変になる、もっと欲しい。

「リオネルさま、おくまで……奥まで欲しいっ」

一瞬動きが止まった。それからすぐに、ぐーっとゆっくり熱いものが押し込まれていく。

「あ、ああっ、すごい……届くぅ」

もうこれ以上はいけない所まで届くと、がくりと腰から力が抜けた。

それを抱えて、リオネル様が何度も突き上げてくる。

「ああ、もう……あぁっ！」

がくがくと揺さぶられて、リオネル様が遠慮なく好きに私を抱いてくれて嬉しくなる。

「もっと、もっと……！」

リオネル様が欲しい、そう息も絶え絶えに口にすると、背中にキスの雨が降らされた。

「ああ、一度出していいかい？　……もう、もちそうにない」

「リオネルさま……気持ちいい？」

「気持ちよすぎて……溶けてミネットとひとつになってしまいそうだよ」

腰が一層打ちつけられて、思わず背が仰け反る。

「きちゃう……なんかきちゃう……！」

リオネル様に突かれている所から、じわじわと上り詰めていく感覚に戸惑う。

「大丈夫だ、そのまま……身を任せてっ」

「あ、あ、ああっ……ああ！」

目の前が真っ白になって、快楽の波に呑み込まれる。

膣道が更にぎゅうっと締まり、リオネル様のものが膨らむ。

「……くっ！」

中でびくびくと肉棒が震え、数回、塗り込められるように擦りつけられた。

「は、はぁ、はぁっ」

完全に身体から力が抜けて、寝台へへたり込む。その拍子に、ぬちゅりとまだ硬さを保ったままの肉棒が抜けた。

肩で息をしていると、汗を流したリオネル様が覆い被さってくる。

汗で濡れた手で腰を掴み上げられ、また張り詰めた切っ先を押しつけられる。

「まだ、まだだよ……もっとミネットの中で可愛がっておくれ」

私もまた火をつけられて、自分からリオネル様に自分の唇を重ねた。

五章

目覚めるとすっかり夜も深まった頃で、リオネル様の姿はなかった。

アニエスから聞くと、私が目覚めたら体調はどうか聞き、身を清めて何か食べさせてやって欲しいと言いつけて帰っていったという。

「お嬢様、私に嘘をついていましたね。やっぱり舞踏会の夜は、王太子様と過ごしてらしたではないですか。帰り際まで、かなり名残惜しそうにしていらっしゃいましたよ」

可愛い眉を吊り上げて、アニエスは私をお風呂に入れながら怒っている。

温かいお湯がじんわりと疲れ果てた身にしみて、このままここで寝てしまいたいくらいだ。

ほうっと息を吐きながら湯船から見える白い脚を見ても、リオネル様に吸われ赤くなった跡がくっきりと残っている。情事の痕は、もうどう取り繕っても隠せない。

「……あの媚薬、本物だった。てっきり偽物だと思って飲んでしまったけど、身をもって本物だと実感したわ」

「王太子様にも効いていたのですか？　全くそんな様子には見えませんでしたが……」

リオネル様は私以外の人間の前では、欲に溺れた顔を見せたくなかったと言っていた。

それがアニエスの前でも、表情を崩さず耐えていたなんて。

「効いてたみたい、少しだけね。でも今回は私の方がおかしくなってしまって……リオネル様に助けて頂けてよかった。お父様に知られたら、大目玉だもの」

目を閉じると、ぼんやりと父の顔が浮かぶ。叱られてばかりで、そういえば褒められた事もない。

ああ、そうだ。リオネル様が私に結婚を申し込まれた時、あの時は喜んでいたな。あ、私は褒められてはいなかったか。

「少しお湯を足しますね」

沸かしたお湯が足されて、ちょうどいい温度になる。

「アニエスも一緒に入ればいいのに」

「ご冗談を。それにまだ仕事中ですし、私は帰ってからにします。お湯加減は大丈夫ですか？」

「……うん、すっごい気持ちいい。お湯に溶けちゃいそう」

浴室にはアニエスと二人きり。こんな時間にお風呂の準備や世話をさせてしまって、使用人達には申し訳なく思う。

「お嬢様」

「んん、なあに？」

「……お嬢様は、本当に王太子様と結婚されるおつもりが……ないのですか？」

至極真っ当な質問だ。結局またこんな事になって、言い訳なんてもうできない。

情事の跡を残したままの気だるい身体で、こんな事を言っても説得力がないのだけど。

譲れない気持ちがある、という事を伝えようと口を開いた。

「私ね、絶対にこうしたいって決めてる事があるのに、どうしても流されちゃうのね」

「流されてしまう？」

それはどういう事？　とでも言いたげに、小首を傾げている。

「そう。ずるずるね。そのたびに自分に、次こそはしっかりしろって言い聞かせてきたんだけど……だめね。きっと世界が思ったより優しくて、死にたくないんだわ」

最後の吐露は、私にしか聞こえないほど小さなものだった。ばしゃりと水音を立てれば、それはお湯に溶けて消えていった。

「何度も聞いてしまっていますが、そのままじゃだめなのですか？　王太子様とお嬢様、とても仲睦まじいと思います」

「うん。だめ。私がどれだけリオネル様を愛していても、リオネル様から好かれていてもだめなの。私のわがままで、アニエスには気苦労を掛けるわね」

「……いいんです。私は誰かに愛される結婚をしたいとは思っていません。男爵家を見返せれば、相手は誰だっていいんですから」

「アニエスにそう言ってもらえると、私も頑張らなくちゃって思えるわ。それに、リオネル様は貴女をとても愛してくれるから」

「それは信じません」なんて呆れた顔で言って、アニエスは身体に塗る保湿の香油を手で温め始めてくれた。

アニエスには、申し訳なく思う。私が二度も身体を繋げたリオネル様と結婚しろなんて言われて、よく我慢してくれている。

馬鹿にするなと責められても仕方がないところを、本当にいい子だ。

今まで私はリオネル様の為に死ななくちゃと思っていたけど、最近はアニエスの為にも、なんて考えるようになってきた。これ以上男爵家への憎しみで心を病む事なく、晴れ晴れとした気持ちで生きていって欲しい。

そして、たまに……いつか私の事を懐かしんでくれたらいいなと。

友情といっても差し支えなければ、そう呼びたい感情を彼女に対して密かに持っている。

「アニエスの事、好きよ」

「お嬢様は、屋敷の使用人の皆さんの事が好きで、私もその中の一人なんでしょう」

何だか拗ねた言い方に、ふふっと笑みが零れてしまう。

「そうね、皆の事は大事よ。だけど私が特別に幸せにしてあげたいって思うのは、リオネル様とアニエスだけなの」

アニエスは照れたように「もう」と呟いて、いつまでも香油を手で揉んでいる。

「もし、もしこの計画が上手くいったら、お嬢様はどうなさるんですか？」

その後、なんてものはない。死んだあと、また違う世界に生まれ変わるのか、それとも……どうなるのだろう。

浴室の白い天井を見上げる。

「婚約破棄をしてもらって、そうね……クーロ家から出て旅に出てみようかしら。この見た目だけはどうしようもないけれど、もしかしたら気にしないでくれる場所があるかもしれない。そういう国を見つける旅をしてみたいかな」

髪も瞳も隠さずに堂々と歩いても、誰も振り返ったり凝視したりしない。

平民としてそこで部屋を借り働き、一日の終わりにスープとパンを食べ、たまに二人との思い出を振り返りながら眠りにつく。

小さな鉢で薔薇を育てたい。

ケガなんて気にしないで、料理をしてみたい。

汗水たらして働いて自力で金銭を稼ぎ、食べ物や日用品を買ってみたい。

それはとてもいい夢だ。

優しくって明るく賢明で楽しげで、叶わぬ夢と呼ぶのに相応しい。


城の大広間で国王様主催の、ちょっとした食事会が開かれたのはそれからすぐの事だった。全快とは言えないけれど、だいぶ体調が戻られてきたらしい。

そこで初めて西側の隣国イルダの王太子、セドリック・レイモン様を宰相である父から紹介された。事前情報では、セルキアには三ヶ月ほど滞在するという。

食事が終わり歓談の時間、久しぶりに会った父に声を掛けられ改めて挨拶をしなさいと促された。

父は私を隣国の要人達にも見せびらかしたいらしい。いつもと変わらない、物扱いだ。

私もいつも通りに、大人しく従った。遠くない未来に私のせいで失脚するかもしれない父に対して、せめてもの償いだ。

しかし驚いた。顔にはかろうじて出さなかったけれど、内心は疑問でいっぱいだった。

隣国の王太子様は、リオネル様と同じくらいに長身。長い銀髪をハーフアップにし、まるで彫刻が命を得たような見事な美男子だった。

ゲームではモブ扱いだった為、確かここまで美男子ではなかったはずだ。

それに優雅でゴージャスな雰囲気をまといつつ、人懐っこそうな笑顔を会話の中で見せている。

アニエスがもしここにいたら。小説の王太子のファンだと言っていたから、一発で一目惚れしていたかもしれない。

危なかった。心臓が嫌な風に鼓動を打っている。


挨拶が済んだあと。父は誰かに呼ばれて隣国の要人達と連れ立ち、レイモン様と二人きりにされてしまった。

リオネル様と同じ二十五歳で、同じ王太子、未来の国王として交流が数年前から始まったのだという。

しかし自分の記憶との違いに戸惑う。そしてそのお顔をつい、見すぎてしまった。

「クーロ嬢、そんなに見つめられたら、俺の顔に穴が空《あ》いてしまいます」

くすくすと笑いながら言われ、恥ずかしくてどっと汗をかいてしまった。

「申し訳ありません、レイモン様。私の侍女がイルダ国の王族がモデルになったという恋愛小説が大好きで……私も話を聞いていたので、ついお姿に見入ってしまいました」

レイモン様は、おおっと話題に乗ってきてくれた。

「あの小説、こちらでも読まれているんですね」

「はい。私の侍女は、王族の方々は毒に耐性がつくよう訓練されていると本気で信じていました。そのくらい、夢中になっております」

話題ができてよかった、ありがとうアニエス！

「本当の事ですよ。お恥ずかしながら、我が国は昔から王室内での暗殺や毒殺が珍しくないですから」

「……えっ」

「ここはいいですね。淹れたてのお茶や、作りたての料理をそのまま食べられる。毒味係もいない。まぁ、さっきの食事会での最初のひと口は勇気がいりましたが」

あはは！　と笑うレイモン様の様子は、嘘を言って私をからかっているようには見えない。そして金色の不思議な色の瞳で、じっと私を見つめている。

「しかし……生きている間にセルキアの奇跡の神子に会えるとは思いませんでした。想像していた以上に……とても眩く美しい」

神子といっても、何の加護もない偽物。容姿だけがたまたまそう生まれた偽物の私は、困った顔で曖昧に微笑むしかない。

「ありがとうございます。イルダの国の為にも、何かお役に立てる事があればいいのですが……」

「我が国でも、ずっと昔にセルキアから神子を花嫁に貰った記録があるんですよ。希少な神子は……どの国でも欲しがりますでしょう。しかし神子様はその加護と引き換えに、短命かつ子が産めないと聞いています」

さっきまでの爽やかな雰囲気の陰から、不穏な空気が漂ってくる。

「……そうなんですね。私は早々にリオネル殿下の婚約者にして頂いた身なので、そういった申し出などは聞いた事がありませんでした」

実際には結婚の申し出は他にもあっただろう、そりゃないはずがない。

けれど、宰相である父が自分の立場を一番いいものにしてくれる嫁ぎ先として、リオネル様の求婚を受け入れたのだろう。

クーロ家からこの国の王妃を輩出したとなれば、とてつもない栄誉だ。

たとえ、偽物の神子であってもだ。

不妊の事もスルーした。そんなデリケートな話をされて、喜ぶ女性なんていない。

結局この人も、私をミネット・クーロではなく『神子』という国の為の道具としてしか見ていなかった。

帰ってアニエスにしっかり話をしてあげよう、二度と憧れなんて持たないように。

笑顔が崩れないうちにその場から離れようと口を開き掛けた時、肩にそっと後ろから手を置かれた。

「何が短命だ。結婚したらミネットには長生きしてもらうし、子供だって五人は作るぞ」

「リオネル様！」

驚く発言の主は、なんと怖い顔をしたリオネル様だった。

肩に置いた手に自然に力を込めて、そっと優しく自分の方へ引き寄せてくれた。

「セドリック。僕が地獄耳なのを知っているからって、近くでミネットに意地悪を言うのはやめてくれ。最低な発言だ、僕がここで剣を抜かない事に感謝しろよ」

いつもよりずっと砕けていて、そして低い声。こんなリオネル様を見るのは初めてで、何も言えずにただ二人の動向を見守る事しかできない。

「やっぱり聞いていると思った。リオネルの耳は本当にいいな。クーロ嬢、先ほどの失礼

な発言をお許し下さい。優しさとはほど遠い言葉で、貴女に嫌悪感でもいいから俺に興味を持って欲しかった」

そう言ってあっという間に私の手を取り、手袋越しに甲にキスを落とす。

「大丈夫です。気にしませんから。でも……今後はこんな事をされては本当に嫌いになってしまいそうです。私以外の女性にはもう、絶対にこんな気の引き方はしないで下さい」

気にはしないけど、アニエスには言いつける。そう考えながらクーロ家の令嬢らしく、にっこりと笑い、手を爆速で引っ込めた。

「本当に……その通りだ。改めて、申し訳なかった。クーロ嬢、君に会えてよかった。こちらにいる間、どうぞよろしく」

実は、イルダに攻め込まれ、リオネル様が処刑されるルートでそれを指示するのがこの人。

セドリック・レイモン様だ。

もういっそ私が死ぬ時に上手く丸め込んで道連れにしてやろうかと思うけど、それこそ国際問題、戦争の大きな火種になってしまう。

レイモン様に、私の考えている事はわかるまい。まっすぐに見つめてくるから、私もじっと見返す。

すると、その瞳が微かに揺れた。

まるで憐れむような、悲しそうな表情を一瞬浮かべる。

どうしてか理由はわからないが、私の考えが見透かされたようで胸が酷くざわめく。

「はい。またお会いできる機会がありましたら、ゆっくりお話いたしましょう。私の屋敷の近くまで来る事がありましたら、いらして下さると嬉しいです」

そうお決まりの社交辞令を伝えると、レイモン様は軽く手を上げて要人達の方へ戻っていった。

ふぅっと詰めていた息を吐くと、リオネル様が私の前へ回り込む。

「セドリックの言った事は気にしなくていい。僕がいる限りミネットをやすやすと死なせたりしないし、子供だってできる。僕達、相性がいいから、心配しないで」

「相性って、なんのですか？」

性格の相性だろうか。それならわかる気がする。

「僕は絶対に、ミネットをはらます。情熱的にいくらだって抱ける。そういう相性だよ」

耳元で甘く囁かれて、顔が爆発するかと思うくらいカーッと熱くなった。

世の中、社交辞令を真に受ける人が一定数はいる。

こちらとしてもとても現実とかけ離れたような社交辞令は言わないし、真に受けられてもそう捉える人なのかと思うだけだ。

そして彼こそがまさに、そのタイプの人だったようだ――。

普段は冷静沈着な執事が、腰を抜かしそうになっている。

何かある時はだいだいこの人の当番の日、騎士団員のレオン様が目を見開いている。

あっ、アニエスは⁉　ああー……目がハートだ。侍女もメイドもひと目で骨抜きにされている。

「クーロ嬢！　近くまで来たので寄らせてもらいました」

銀髪を風に揺らし、片手には大きな花束を持ってセドリック・レイモン様が玄関ホール前に立っていた。

漫画で言えばコマぶち抜き、バーン！と効果音と花を背負った登場だ。

晴れた日だったら完璧なのに、生憎の曇り空。それでも、その輝く美貌は損なわれない。

何の連絡もなかった突然の訪問に、屋敷はひっくり返したように大騒ぎになった。

蜂の巣を突っついた方がまだマシなくらいだ。

普段は来客がリオネル様以外あまりない静かな屋敷なものだから、明らかに動揺が走っている。

私だって普段着みたいな、特段着飾ってなどいない必要最低限の格好だ。

だけど。レイモン様は国賓級の要人だ。忙しいからまた今度、なんて追い返せる訳がない。

「レイモン様！　わざわざいらっしゃって下さったのですか？」

わあっ、と顔では明るく笑顔を作りつつすかさず探りを入れる。

「ああ、そうです。市井を見て回りたくて、城から馬を拝借してあちこち見てきました。そうしたら宰相がしてくれた別邸の話を思い出して……。それに、先日の無礼を改めて詫びたかったので」

そうして、謝罪の気持ちだと花束を渡された。

馬、と聞いて開かれたままの玄関ドアの向こうを見ると、うちの御者が真っ黒で立派な馬の手綱を持って佇んでいた。まさか無断で借りてきた訳ではないでしょうね。

「父もレイモン様にお話したのですね。きっと今日の事を知ったら喜びます」

まさか社交辞令を本気にするとは……と、今日ばかりは父と意見が合いそうだ。

国賓の対応を玄関ホールで立ち話で済ませる訳にはいかないので、すぐに応接間へ通す事になった。

玄関ホールで目が合ったレオン様は、私にこくりと頷きそっと出ていく。

あれはきっと、この状況をリオネル様に知らせに向かってくれたはずだ。

アニエスはというと、推しを目の当たりにして言葉が出ないらしい。完全にキャパオーバーを起こしている。

レイモン様の対応を執事に一時的に任せ、私はすぐにアニエスを連れて一度部屋に戻った。

「アニエス、大丈夫？　しっかりしなさい」

「あ、あ、びっくりしちゃって、卒倒するかと思いました。本の中の人が生きてて、そこにいて、同じ空気を吸っていました……え、これって現実ですか？　それとも私の夢の中でしょうか」

完全にレイモン様にあてられてしまっている。とろんとしていた目が、喋り出したら急にキラキラ輝きだした。

いつもの三倍、めちゃくちゃ可愛い。こんなアニエスをレイモン様に見せたらすぐ求婚されてリオネル様に監禁されるルートまっしぐらだ。

ああ、でも。こんなにも喜んでいるアニエスに、今日は仕事は終わりだ、早く別棟に帰れとは……言えない。

なら、私が軌道修正に二倍も三倍も頑張るしかない。

アニエスの手を取って、ふわふわしている意識を私へ向かせる。

「よく聞いて、アニエス。もし貴女がこれからリオネル様に監禁されたとしても、私が殴り込んで取り返しに行くから待っていてね」

そう告げると、アニエスは一気に現実へ引き戻されたようだ。ただ、突拍子もない内容に困惑の色が顔に浮かんでいる。

「え、何で私が王太子様に監禁なんてされちゃうんですか⁉」

疑問に思うのも当たり前だ。プレイヤーだった私だって、いきなりの監禁にヤンデレ怖いって思ったのだから。

「しっかりして、大丈夫。大丈夫だから」

秘密の部屋の場所もしっかり覚えている。心配しないでと更に力を込めて手を握った。

「怖い、え、どういう事なんですか⁉　ああ、やっぱりこれって夢なんですね」

受け止め切れないこの事態を夢だと思っているアニエスを連れて、応接間へ戻る。

執事と世間話をしていたであろうレイモン様は、応接間のソファーで寛いでいてくれた。

この緊急事態に、お茶の支度もまだできていなかったようだ。

「アニエス、お茶の支度を手伝ってきてあげてくれる？」

そう言うと、アニエスはすっと礼をして静かに出ていった。執事にも、様子を見てきて欲しいと頼む。

「レイモン様、申し訳ありません。すぐにおもてなしの用意ができなくて」

テーブルを挟んで、レイモン様と向かい合うようにソファーへ腰掛ける。

「突然訪ねたこちらが悪いのだから、気にしないでくれ。勝手に来てしまったけど、追い返されなくてよかった」

「まぁ！　レイモン様のご訪問を追い返す方がいらっしゃるのですか？」

レイモン様は、ニッと笑う。

「昨夜、持参したいい酒を持って部屋を訪れたら、こんな時間に非常識すぎるぞと怒られ入れてもらえませんでしたよ……リオネルに」

思わぬ名に、つい笑ってしまった。

「想像ができません。リオネル様はいつもお優しくいらっしゃいますから。本当のお話ですか？」

「本当だとも。仕方がないから、一人寂しく寝酒にしました」

ふふっと、思い出したように口元を押さえて笑っている。

そんな話をしているうちに、お茶の支度ができたようだ。侍女ではなく、執事直々にワゴンを押してやってきた。

てきぱきとお茶と、それから何種類かのお菓子や軽食がセッティングされていく。

凄い、この数十分でよくここまで用意ができた。さすがクーロ家の厨房を任せられるだけの事はある。

「レイモン様、毒味が必要なら私がいたします」

「いや。ここに毒を入れるような人間はいないでしょう。このまま頂くよ」

レイモン様が私とゆっくり話をしてみたいと言うので、迷ったけれど執事を下がらせた。

静かな部屋で、レイモン様はソファーから見える窓の外を眺めている。

私も話題が浮かばず、一緒になって外を眺めた。夕方から雨になるかもしれないとアニエスが言っていたように、掛かる雲が厚く重くなっている。

「……うん、このお茶は美味しいね。これは君の好みかい？」

「そうです。それと、さっきの執事もお茶が好きなんです。彼に任せていれば、その季節やお菓子に合った物を選んでくれるんですよ」

「いい趣味だ。彼に、今度お勧めの茶葉を聞いてみよう」

そうして、また部屋に沈黙が下りる。

いよいよレイモン様が、どうして屋敷へやってきたのかわからなくなってきた。

そうして――。

またただ……。

また、レイモン様は私の顔をじっと見ている。

「……俺はね、姉が五人いる末っ子長男なんだ」

突然の思いも寄らない話題に、「えっ？」と自然に声が出てしまった。

「そうなのですね。お姉様が五人もいらっしゃると、華やかで素敵ですね」

お姉様達に囲まれたレイモン様は、たやすく想像ができた。きっと小さな頃から可愛がられたのだろう。

「そうだね。子供の頃はよくドレスも着せられたよ。姉達のいい着せ替え人形さ」

「ふふ、私はちょうど、そんなシーンを想像していたのですよ」

和やかな空気に包まれたかと思ったら、そんな雰囲気を冷たい氷のナイフで切り裂かれた。

「イルダでは王位を狙う者が沢山いてね。ここでは縁遠い話だとは思うけど、王族は常に命の危機に晒されているんだ」

信じられないだろう？　と、レイモン様は肩をすくめてみせた。

イルダはそういう国だとゲームで得た知識はあったけれど、いざ当人にそう告げられると胸が詰まって言葉にならない。

私の困惑した様子を見ながら、尚もレイモン様は話を続ける。

「……一番目と二番目の姉は、成人する前に死んでしまった。王位争いに巻き込まれて殺されたんだ。三番目は、俺を守る後ろ盾を得る為に他国に嫁いで……残った姉二人と母は、俺だけをこの国に逃がしたんだ」

来月、イルダでは王族と貴族を集めた伝統的行事である、大掛かりな狩猟大会が行われる。数年に一度のこの時に、レイモン様の暗殺計画がある事が密かに発覚したらしい。

王政支持派は急遽、『王太子は呼吸器系の病になり、その静養の為』と発表し、レイモン様を一時的にセルキアへ避難させたという。

「母や姉は、立場上動けない父や、俺の為に国に残ってくれている。父はあの国生まれにしては珍しい穏健派なものだから、セルキア国王も俺の滞在を許してくれた」

語られる衝撃的な内容に、さあっと血の気が引いてしまった。

「俺も、いつ屈辱的な殺され方をされるかわからないからね。そういう時には自死を自分で選べるよう……常に毒薬を持ち歩いている」

そう聞いて、思わずびくりと反応してしまった。

これは大変だとも、助けたいというのも、違う気がする。私にはとても手に負えるものではない。

言葉に詰まる私に、レイモン様は眉を下げて微笑み掛ける。

「クーロ嬢……君はどうして、姉達と同じ目をしているんだい？　誰かを守る為に、自分の命を投げ出そうと決めた人間の目だ。俺はずっとそういう人達に守られて……命が消えていくのを見ているしかなかった」

図星を突かれて、合わされた目をそらせなくなっていた。

誤魔化したり、否定する言葉が浮かばない。

これから私のしようとしている事を予想する人間が目の前に現れた事に驚き、そして、もう死が足元まで忍び寄っているのに気付いた。

私、死ぬんです。

そう自分で決めたから。そうしないと、リオネル様が生き残れないんです。

私には平穏に生き残る未来はないから、リオネル様の為にこの命を使いたいんです。

……私がやらなきゃ。私にしかできないから。

そう自分に言い聞かせないと、泣いて縋ってしまいそうになるんですよ。

アニエスになりたかったたって、リオネル様と一緒に生きたかったたって。

気を抜いたら、全部をレイモン様に吐き出してしまいそうになる。

この人は、そういう目を、決意をした人をどんな気持ちで見送ってきたんだろう。

それはとてもつらい、それだけはわかる。

細く、息を吐く。

「……私は神子ですもの、仕方がないのです」

神子は短命だと言ったレイモン様に、今度は私がそっくりそのまま返す事になった。

嘘だけど、嘘じゃない。

「怖いとか、逃げ出したいって思わない？」

「そうですね。でも、逃げても私の結末は決まっています。なら最善を尽くすまでかと」

決意を言葉に出すのは初めてで、不思議な気持ちだ。

空回りしていた決意と、愛する人から与えられる快楽に流されてしまう罪悪感。それに、私の知らないこれからの未来を生きる人達への羨望の気持ち。

ぐちゃぐちゃに絡まっていたものが言葉にするとほどけて整理されて、隠された自分の気持ちも知っていく。

声に出して改めて気付いた。私、アニエスを羨ましいって思っちゃってたんだ。

「リオネルは、この事を納得してるの？」

「ふふ、この間のやり取りをお聞きになったでしょう。きっと納得などしていません。ですが……私はリオネル様を置いて先に逝きます」

ああ、言えた。言ってしまったら、私の胸にすとんと落ちてきた。

独りでぐるぐると考えていた頃よりも、それはうんと上手く心に馴染んでいく。

レイモン様は、深くため息をついた。

そうして端正な顔を悲しみの表情で歪ませて、私に問う。

「クーロ嬢、俺が君に、もっともっと早く出会えていたら……いや、今からでもリオネルから奪えば、母や残った姉さんを死から遠ざける事ができると思うかい？」

レイモン様は、私がどう答えれば納得してくれるんだろう。

この人は、神子の加護を心の底から欲しがっている。


ぽつりぽつりと降っていた雨は、夕方には遂に本降りになった。

レイモン様は帰られ、私は人払いをして応接間で一人ぼうっとしている。

風が出てきたのか、雨粒が窓を叩き始めた。

木々が揺れる音もして、まだ灯りをつけていない応接間は薄暗く影が落ちている。

「……やっぱり、言葉にして誰かに伝えるのって大事なのね」

ぽつりと呟いた言葉は雨音に消されていく。

長い間独りで悩み考えていた事を曲がりなりにも聞いてもらえて、私は放心していた。

そして、偽物ではどうにもできないイルダ国の問題が気分を重くする。

神子って、加護って何なんだろう。

私が本当に神子だったら、イルダは少なからず何か変わっていたのだろうか。

そう考え込んでいるうちに、廊下をバタバタと誰かが駆ける音がしてきた。

すぐにドアが開いて、驚いて向けた視線の先にはびしょ濡れのリオネル様が立っていた。

レオン様から報告を受けて、来てくれたのだろう。

ゾッとするほど無表情だった。

「リオネル様⁉　どうしたのですか？　すぐに拭く物を持ってこさせます」

慌てて駆け寄ると、雨に打たれて濡れた手が私の手を掴んだ。

ドキリとするほど、冷たい。

「セドリックに、あいつに嫌な事を言われたりしなかった？　触られていない？」

「……言われていません、触られてもいません」

リオネル様の顔を見て、ぎりっと胸が痛む。

さっきの、レイモン様と同じ表情だったからだ。泣きそうに歪ませて、真っ青だ。

「僕からもきつくセドリックに言うから、ミネットも、もうセドリックに会わないで」

摑まれた手をほどいて、手を広げてリオネル様に自分から思い切り抱きついた。

頬に、首筋に、胸元に。雨がしみて濡れたけれど、そんなのは気にならない。

「……リオネル様、大丈夫ですよ」

今は心が痛むかもしれないけれど、貴方を側で支えてくれる人がもういるんですよ。

「僕は君を、誰にも……神にだって渡したくないんだよ……」

回した手で、背中をぽんぽんと幼子をあやすように叩く。

大きな背中、大好きな背中だ。

「大丈夫、大丈夫です」

リオネル様がいつか、私の事を穏やかに思い出してくれる時まで長生きできるよう、毎日神に祈りますから。

六章

私が男漁りをしているという悪い噂が、まだ囁き続けられている。

今回はなんと、リオネル様の目を盗みレイモン様を屋敷に呼んで、淫らな逢瀬を楽しんだという内容だった。

レイモン様が屋敷に突然やってきたのはつい最近で、しかも単独行動だ。

仰々しく馬車でやってきたなら目撃者も多いだろうけど、あの時は護衛も最小限にとどめていた。

レイモン様のお顔や、行動履歴を把握できる人間は限定されるのでは？

根も葉もない噂を流しているのは誰だろうと考えてみても、社交界に疎い私には情けないほどさっぱりわからない。

今回その噂を私に伝えたのは、リオネル様だった。

「ミネット。もしかして、以前からもこういった悪い噂があったのかい？」

真昼間、ここは中庭のガゼボで、リオネル様は政務の合間に早馬で会いに来てくれていた。

「……はい。でも事実無根ですので、心配なさらないで下さいね」

貴族の中には、以前の噂を信じて私を悪い女だと信じている者も少なくはなさそうだけど、リオネル様には通じなかったみたいだ。

当の私はこの屋敷で一日のほとんどを過ごし、騎士団員が毎日昼夜問わず警護にあたっている。

手練の騎士団員達の目を盗み、逢い引きしに屋敷に通うなんて、泥棒を本気の生業としているような者でないと無理だ。

しかし今回の噂をリオネル様の耳に入れる為に、直接わざわざ訴えに来た貴族の男がいたらしい。

騎士団の鍛錬場にまで無断で乗り込んできて、鍛錬中のリオネル様に泣きながら訴えた。

王太子殿下の婚約者でありながら、男を屋敷へ呼び、享楽に耽る令嬢などいくら神子であっても王太子妃には相応しくない、と。

リオネル様は一笑に付し、騎士団員達は皆呆れ顔をしてその貴族を取り押さえた。

一時的に収監はされたが、財務大臣の口添えがあり解放されたという。

「あの場で首でもはねてやれば、事実無根を口にしたのを少しは反省しただろうか。惜しい事をしたよ」

「リオネル様、首をはねられたら人は死んでしまいます。それでは反省できません」

「馬鹿みたいな噂を信じる奴は、あの世で後悔しながら猛省すればいいんだよ」

ちゅ、と頬にキスされて、私はくすぐったくて肩をすくめた。

今もぴたりと隣に座り、手を繋いでくれている。

私は今日リオネル様に、正式に婚姻するまで肌を合わせるのは控えたいと伝えた。

意識してしまうと照れてリオネル様と顔を合わせるのをためらってしまう、子が先にできてしまったら皆にどう説明したらいいのか。

祝福してもらえるだろうけれど、そうでない者もきっといる。リオネル様の未来に陰りを作りたくないと話をした。

そんなのは構わない、と言われると思っていたけれど。

私に関しての悪い噂を聞いていたせいか、リオネル様は納得してくれた。

私を思って、噂に信憑性を持たせない様にしてくれたのだろう。

これは全部本当の気持ちだけど、少し先の未来にはもう私はいない。

もう肌を合わせないのは、未来の花嫁になるアニエスへの贖罪だ。

人払いをした中庭で青々しく繁った薔薇達の葉が、陽を浴びてその命を謳歌している。腕のいい庭師に丁寧に手入れをされ、どの薔薇の木も元気だ。赤紫色の新芽を覗かせる物もあり、これからもっと立派になりそうだ。

レイモン様が屋敷に突然やってきた日から、リオネル様はより一層心配性になってしまった。

レイモン様の再度の訪問を警戒してか、警備にあたる騎士団員の数を増やした。

そうして今日のように、時間を見つけては屋敷へやってくる事も多くなっている。

城からここまではそう遠くないけれど、休息はとれているのかと心配だ。

「今日はミネットにお願いがあって来たんだ。きっと喜ぶと思って、急いで来たんだよ」

「お願い？　何でしょうか」

「来週から、一緒に辺境へ視察に行こう。ミネットを置いてなんてとても行けないし、いずれ僕が治める国の端まで、妻になる君に知ってもらいたい」

ニッコニコの笑顔だ。絶対に断る事は許さない、そういうオーラがキラキラ出ている。

イケメンというだけで妙な迫力があり、顔面力で押し切ろうとしているんじゃないか？なんて思ってしまう。

「へ、辺境って、国の端って事ですよね⁉　気軽に行ける距離でもありませんし、支度にどれだけ掛かるか。それに父がなんて言うか……」

街に行くだけでも許可がいるのに、辺境なんて遠い場所、承諾してくれるとは思えない。

「宰相には許可を取るし、万が一断られたとしたら、決闘してでもミネットを連れていく」

「リオネル様と決闘なんてしたら、父は死んでしまいます」

父は色々と取り仕切る頭の回転は早いけれど、剣を振るう腕前についてはさっぱり聞いた事がない。

騎士団長にも引けを取らないくらい強いと言われるリオネル様に、かなう訳がない。

「……宰相が死んだら、許可してくれたって事になるかな？」

ふっと光を失くした瞳でそんな事を呟くリオネル様に、思わず笑顔を浮かべたままゾッとしてしまった。


セルキア王国の西の国境の防衛と国土開発を一手に引き受けているのが、セルボン辺境伯だ。

王都からとても離れている分、目の届きづらい広大な辺境の統治は国王様からの信頼が厚い人物が任されている。

今回、イルダとの、レイモン様のセルキア王国滞在の交渉や、橋渡しの世話をしたのもセルボン辺境伯だ。

奥様がイルダの貴族の出身で顔が広く、セルボン様は辺境を治めるのに適任だった。歳は還暦近く、家族は奥様との間に息子が二人。長男は跡を継ぐ為に辺境に残り、次男は城勤めをしている。

妃教育である程度の情勢は勉強しているが、細やかな近況などはリオネル様から事前情報として聞かされていた。

そう。リオネル様が父をどう説得したのかはわからないが、私も辺境へ同行する事を許されたのだ。

父が無事だという話から、決闘ではなく話し合いで交渉したのだと……思いたい。

今回の視察の目的は、定期的な国土開発の報告を受ける為だという。それと国民の食を担う穀物の生育状況の確認と、生活に必須なインフラ設備のチェックだ。

辺境伯がなかなか城へ上がれない分、こちらから気をつけて目を向ける必要があると、リオネル様は教えてくれた。

レイモン様がこちらへ滞在されている間、西の国境の検問所ではかなり厳しいチェックが行われている。

そこに不具合や問題が起きていないかなど、そういった確認も自らしたいのだと教えてくれた。

未来の国王になるべく自ら行動するリオネル様を、セルキア王国の民としても私はとても尊敬している。

辺境にあるセルボン伯爵の屋敷までは、馬車で三日は掛かる。三日掛けて辺境へ出向き、五日ほど使って視察をし、また三日掛けて王都へ帰ってくる。

私はアニエスを同行者に選び、急遽決まった辺境へ向けての荷造りにいきなり頭を悩ませていた。

「視察に同行するのだから遊びではないのだけど、生まれて初めての旅行みたいなものなの。旅行って、一体何をどれだけ持っていくの?」

着替えのドレスと靴、アクセサリー、身嗜みの為に持っていく物が多そうに感じる。

トランクがいくつあると足りるのか、馬車にはいくつ積めるのか想像がつかない。

「すみません。私も旅行は初めてで、さっぱり予想がつきません。ちょっと有識者を呼んで意見を頂くのはどうでしょうか?」

アニエスは執事をすぐに呼んできた。引きこもりと元平民にあれやこれやを聞かれながら、執事はテキパキと指示を出して用意する物をレクチャーしてくれた。

それを二人で聞きながら、きゃあきゃあとテンションが上がっていく。私がもし本宅で暮らしていて、姉とも良好な関係を築けていたら。

こんな風に一緒に盛り上がる事もあったのかも……と密かに切なくなった。

クローゼットからドレスをありったけ引っ張り出して厳選していると、アニエスが「実は……」と話をし始めた。

「この間、王太子様からミネット様の生活の様子などを詳しく聞かれました。なので恐れ多いとは思いましたが、それと引き換えにレイモン様の様子をお聞きしたいとお願いしたんです」

「えっ、リオネル様に交換条件を突きつけたって事⁉　それにレイモン様みたいな要人の様子なんて簡単には教えてもらえなかったんじゃない？」

さすがヒロイン。やる事に突拍子がない。

「突きつけたんではなくて、お願いしたんです。王太子様は最初は若干引いていましたが、私があの小説の魅力をお話ししたら納得してくれました」

いつ二人でそんな話をする時間があったのか。しかしアニエスが自らの推し活を充実させるべく、リオネル様まで巻き込むなんて恐れ入った。

「アニエス、貴女やっぱり凄いわね。怖いもの知らずというか……でもリオネル様とそんなお話までできるようになったなんて前進だわ。あのお顔を見ながらお話すると、格好よくてドキドキするでしょう?」

そう聞くと、アニエスは考え込む。

「ドキドキするか……と聞かれたら、しません。文句なしの格好よさですが、突き刺さるものを感じるのはレイモン殿下のお顔の方です。思い出すたびに寿命が延びるような、不思議な力を感じます」

そう語るアニエスの頬は赤らみ、目は星を宿したようにきらりと輝く。

アニエスが遂に、推しを崇拝する境地に達していた。

「だから、辺境へ連れていってもらえるのがとても嬉しいんです。国境を越えたらレイモン殿下の生まれ育った国なんですよね。小説の舞台になった……想像するだけで緊張します」

「アニエス、国境は超えちゃだめよ。空気だけで我慢してね。好きなだけ吸っていいから」

「空気、メイドの皆にもお土産に持って帰れたらいいのに……」

アニエスにとっては、今回の旅行は推しの聖地巡礼の旅でもあるらしい。

楽しみだって気持ちがびしびしと伝わってきて、『リオネル様と結婚するんだよ』と今は言うのはやめた。

三日掛けての辺境への旅路は、驚く事の連続だった。

見た事のない風景、馬車の窓から外を覗く私に向かって手を振ってくれる人々、初めての宿や王都とは違って感じる空気。

遠くに見える連なる山では宝石の原石が採掘され続け、近年では枯れたと思われた廃坑から新たに金脈が見つかったと聞く。

道端に咲く名も知らない花達、群れる鳥に、どこまでも続いていそうな一本道。

知らない事に沢山見て触れながら、遂にセルボン伯爵の領地へ着いた。

見渡す限りの穀物の若い穂が、緑の海のごとく風を受けて遥か彼方まで波打つ。

いつまでも見ていられる風景を、心を奪われたまま黙って目に焼きつける。

ここではセルボン伯爵の屋敷でお世話になる事になった。

イルダからのお客様も時々宿泊されるそうで、その屋敷はとても大きなものだった。

伴って使用人の数も多く、ずらりと整列して出迎えてくれた光景は圧巻のひと言だった。

「よくいらっしゃって下さいました」

歓迎してくれたセルボン伯爵と、夫人。それに令息とその奥様。

伯爵と夫人は共に五十歳代くらいで、共に亜麻色の髪を綺麗にセットされている。

話す言葉も上品で優しげな雰囲気で、緊張していた私はほっとした。

着いたばかりでも時間が惜しいと、リオネル様は早速セルボン伯爵や令息と話し込み始めた。お仕事に取り組むリオネル様の姿は、その場で見とれてしまうほど魅力的だ。

アニエスは荷物を運ぶ為に、別の使用人に部屋へ案内されていく。

「さぁ、私達はこちらで先にお茶にしましょう。ここまでの長旅、とてもお疲れになったでしょうに」

にこやかな夫人に案内され、絵画や調度品が品よく並べられた素敵な部屋に通された。

「こちらへ」と、庭がよく見える席へ座らせてもらえた。

夫人は私の向かいに、令息の奥様は夫人の隣へ腰を下ろす。

テキパキと侍女達が動き、すぐにいい香りのする紅茶を淹れてくれた。

テーブルのセッティングはとてもセンスがいい。それにケーキやお菓子は、飾りが華やかな物から素朴な物まで、ラインナップが豊富だ。

「素敵なおもてなし、ありがとうございます。セッティングもセンスがよくて、慣れない旅の疲れも忘れてしまいそうです」

「喜んで頂けてよかった。クーロ様のお好みがわからなかったので、種類を多く用意しましたの。どれか気に入ってもらえたら嬉しいわ」

「どれも美味しそうです。私の屋敷のシェフが見たら、端から全てのレシピを欲しがりそうです」

「もしよかったら、シェフにレシピを書かせるわ」

初めて会ったばかりなのに、夫人の穏やかな雰囲気に緊張がすぐにほぐれていく。

和やかな時間が過ぎていく中で、ふっと夫人が口を開いた。

さっきまで穏やかだった夫人のお顔に、少しの緊張と翳《かげ》りが見える。

「……わたくし、クーロ様に謝りたい事があるんです」

そう夫人が言葉にすると、令息の奥様は席を外した。部屋には二人きりになって、これから何を話されるのかと肩に力が入ってしまう。

とにかく、そんな心当たりはない。

「謝りたい事……私には夫人から謝られるような事は、何も思い当たりませんが……」

「いいえ。もう今頃、起きているかもしれません」

夫人の顔色は、どんどん青ざめていく。

「……先日、クーロ様のお屋敷にレイモン様が会いにいらしたでしょう？」

王都から離れた辺境伯の耳にまで、なぜあの日の事が届いているのか。

「はい、確かにいらして下さいました。父がレイモン様にお声を掛けていましたので……」

「……わたくしが、お教えしたのです」

「え？」

「わたくしが、レイモン様にクーロ様がお一人で暮らしてらっしゃるのをお教えしたのです」

夫人は意を決し、まるで罪を告白したかのような悲壮漂う表情を浮かべている。

確かに父は社交辞令を言ったが、その別邸で私が一人でいるとはわざわざ言わなかったはずだ。

でも、そんな事は社交界では皆が知っているし、話の弾みで言ってしまう事もあるだろう。こんな風に改まって謝罪される事ではない。

夫人の神妙な様子を目の当たりにして、何か他に意図があったのかと頭によぎる。

でも、どうして？　夫人はなぜここまで思い悩んでいるのだろう。

「理由を、聞いてもいいですか？」

夫人は下を向きながら、レイモン様が必死にイルダ国を立て直そうと奮闘していると話をしてくれた。

それでも形勢は不利、お姉様達が見せしめとばかりに殺され、国王は大臣の言いなりだという。

「内政干渉はよくない事だとわかりますが、なぜイルダの国王は大臣に頭が上がらないのでしょうか」

「……クーデターを恐れているからでしょう。国内の武力の実権は、ほとんど大臣が握っています。元々地位も高い貴族で、他の誰も意見は言えません。それでも立ち向かった者は、皆翌日には物言わぬ死体になっています。ここで政権を手放してしまえば、いよいよ国は名実共に大臣のものになってしまいます」

そうなれば、イルダはすぐに隣国へ侵略を始める。金に換えられる資源の豊富なセルキア王国などは、すぐに侵略されてしまうと夫人は瞳に涙を浮かべた。

「レイモン様はもう神にも縋る思いで……神子であるクーロ様に会いたいと。私はイルダの出身で、王族とは遠縁にあたります。イルダの皇后様からレイモン様をこの国に一時的に避難させたいと密書を頂いてから……やり取りをしています」

そこで、夫人は私の置かれた状況を知る限り伝えたらしい。社交界には顔を出さず、別邸で妃教育を受けながら暮らしていると。

会うなら、直接屋敷へ乗り込むしかない。レイモン様はそう考え、あの日偶然を装いながら私に会いにやってきたのだ。

「あの時は驚きましたが、レイモン様の苦しい胸中をお聞きできました。私にはどうする事もできず、申し訳ない気持ちでいっぱいです」

「そう思って頂けるだけで十分です。それに、クーロ様が辺境へ来て下さってよかった……レイモン様は遂に……無理やりにでもクーロ様を攫おうとお考えで……」

いよいよ夫人は泣き崩れてしまった。

攫う？　どういう事かと、背中に嫌な汗が伝う。

不穏な話と、美味しい物しか並べられていない華やかなテーブル。その対比したコントラストが、夢の中のようで頭の中がチカチカする。

「無理やりとは、どういう事でしょう？」

レイモン様が私を誘拐でもしそうな計画があった中、上手いタイミングで私が急遽リオネル様の視察に同行する事になった……？

この夫人の様子は、絶対に何かある。

私は立ち上がって夫人の隣に座り、震えるその手を握った。

怒ったりしない、ただ事実を知りたい。そういった気持ちを行動で示した。

「レイモン様は、クーロ様をイルダに連れ帰ろうとしていました。そこで屋敷に密かに忍び込みクーロ様を攫い……厳しい国境の検問を通る手助けをして欲しいと頼まれました。

わたくしの両親も兄弟も、イルダで生活しています」

夫人は溢れる涙を拭わずに、何度も私にごめんなさいと謝る。

夫人の告白で、点と線が繋がり始めた。同時に、疑問も湧き上がる。

「でも私がここにいる限り、レイモン様の計画は進みません。もしかして……リオネル様はそれを知って今回の視察に私を連れて？」

「わたくしはイルダの出身ですが、もうセルキア王国の国民です。なので……夫に全てを話しました。リオネル様のお耳にもしっかり届いたようです。国王やリオネル様は、レイモン様を犯罪者にしない為に、少しの間だけでもクーロ様を辺境へ一緒に連れていきお守りする事にしたようです」

突然の辺境視察への誘いで、屋敷には私はいなくなった。攫う私がいなければ、どうしようもない。

もちろん、視察から帰ってもレイモン様の動向には油断はできないけれど、とりあえずここにいる間は無謀な犯罪を防げる。

リオネル様が私に何も話をしなかったのは、不安にさせない為だろう。もしかしたらレイモン様に私が絆されて、イルダに連れていかれる事を恐れたのかもしれない。

リオネル様は、どんな気持ちでいたのか。

想像するだけで、じわっと目頭が熱くなっていく。

私に知らせず、この身を守ろうとしてくれるリオネル様。

腐敗した国を立て直す為に、なりふり構わず隣国の神子を攫うリスクを犯そうとしたレイモン様。

私はどうしたらいい？　どうしたら……。

私にできる事、私にしかできない事——。

「わたくしは、どんな罰でも受けようと覚悟をしています。もうこの国にも、イルダにも、夫の側にもいられません……！」

夫人は震える声で自分を責める。

二重スパイのような立場にされてしまった夫人、夫である伯爵、令息や奥様。

悪いのはこの人達ではないのに。

「……私が思うに、国王様もリオネル様も、夫人に罰を与えようなんて考えていないと思います。もちろん、私もです。セルキア王国は、貴女や家族を守ります」

夫人ははっと目を見開いて、更にぼろぼろと涙を流す。

「大丈夫です、心配しないで」と声を掛ける。

ふうっと息を吐き、慈悲深い笑顔を夫人に向ける。

おあつらえ向きな柔らかな日差しが窓辺からすっと差し込み、スポットライトのように私を照らす。

少しは、神聖な神子のように見えるだろうか。

「……私は、近い将来にこの命を国の為に捧げる、という神託を受けました。この事は誰にも言っていません。リオネル様にも、絶対に話さないで下さい」

もちろん神託を受けたなんて嘘だ。身を捧げるのは、自分の意志で行うだけだ。

夫人は目を見開き、言葉をつむごうとするけれど、驚いたショックからか声が出せないようだ。両手で顔を覆う。

そのうち、「ああ」と声を漏らし、手を下ろして祈るように涙に濡れた眼差しを私に向けた。

「それには、レイモン様の協力が必要です。身体に傷をつけては、神のお側にはいけません。そう、必ずお伝え下さい。そして私の遺体は、イルダの国に捧げます。どうぞイルダにも神の御加護がありますように……」

神子が受けた神託には、誰も逆らえないと聞く。

偽物の私の遺体に加護がある訳ではないけれど、レイモン様達の一時的な心の拠り所にでもなれればと思う。

そうして、大臣にとっては漠然とした脅威になればいい。

夫人には、私が話を聞いた事も、神託の話も、レイモン様以外には決して話してはいけないと念押しした。

これで夫人がレイモン様から責められる事はないだろう。

全てが嘘の私が、全部引き受けてあの世に持っていく。

イルダにも、薔薇の木があるだろうか。

もしあるなら、その木の側に埋葬して欲しいと伝えよう。


辺境で過ごした数日は、普段の暮らしを何倍にも凝縮された濃密なものになった。

仕事で来ているリオネル様の邪魔はできないので、日中はアニエスと辺りを散歩したり、夫人やその親族の令嬢達とお茶会などをして過ごした。

同じ年頃の令嬢達に囲まれ緊張で震え上がってしまいそうだったけれど、優しい方々ばかりで。

護衛にと帯同していた騎士団員達の話で令嬢達は盛り上がり、私は女の子のパワーみたいなものを生で大量に浴びて夜にはへろへろになってしまった。

夜はリオネル様に誘われて馬に乗せてもらう。

ゆっくりと歩く馬の背の上、リオネル様に守られながらその日にあった出来事などを話した。

何にも知らない顔をして、私もリオネル様もお互いにこの時間を大切にする。

満天の星空の下、煌めく星が降ってきそうな夜だ。

屋敷から少し離れると草原が広がり、そのうんと先に砦を照らす松明の火がいくつも見えた。

暗闇にぼうっと浮かんでいるような砦の姿は、昼間見た時とはまた違う雰囲気があった。

「あそこが、イルダとの国境になるのですね。昼間、アニエスが行きたがっていました。あの子、実は馬に乗れるらしくて」

「アンリ嬢は男の趣味が悪い、ミネットからも何か言ってやってくれ。セドリックのどこがいいんだか……」

「まずは、顔、だそうですよ。それにリオネル様？　こそこそとアニエスから私の話を聞いているそうですね？」

リオネル様は、「そうだったかなぁ」と今更とぼけている。

恋愛感情よりも先に、友情に似た感情がリオネル様とアニエスとの間に生まれそうだ。

そうしてこんな状況でも、『セドリック』と名前を呼び話題に出す。リオネル様も、レイモン様の境遇には同情しているのだろう。

だから、彼が大罪を犯す前に、原因になる私を連れ出した。

レイモン様は、今頃、王都で何を思っているのだろうか。

私達が黙り込むと、馬が草を食む音だけが聞こえてくる。

王都とは違い、ここはとても静かで雄大だ。

暗い夜は暗いまま、人工的な明かりも少なく、星が月の光で輝いている。

「リオネル様。ここに連れてきて下さって、ありがとうございます」

「僕も、ミネットと一緒にここに来られてよかった。空気も美味いし、いい所だろう?」

見渡す限り、自然が豊かで素晴らしい場所だ。

「……はい。ここに連れてきて下さったおかげで、先日初めて神託を頂きました」

リオネル様が握った手綱から、ギッと音がした。強く握りしめられた拳に、手を重ねる。

「ミネット、神託とは……っ！」

「お伝えします。私がもし命を落としたなら、魂はセルキアに残し、亡骸は必ずイルダにと……私には意図はわかりませんが、神はそのようにと仰りました」

神子から伝えられた神の言葉は、この世界では絶対だ。

私が伝えた言葉は、確認のしようのない神の言葉になる。

亡骸は、神託によりイルダ国に渡さなければならない。

神は、神子の亡骸でイルダに加護を与えようとしている。

そう、私の思う通りに解釈して下さったリオネル様が、小さな声で「嫌だ」と言う。

「百年後だって、そんな事は許されない……!」

「……リオネル様。この事、どうぞ宜しくお願いいたします。背けば、私の魂はリオネル様の側から離されてしまいます」

「ミネット、だめだ……君はずっと僕といるんだ」

「……神のご意思です。それに、今すぐ、という訳でもきっとないでしょう」

馬上で背中から強く強く抱きしめられる。

遠くにゆらゆら揺らめくいくつもの松明の火を、私はリオネル様の腕に身を任せながらずっと見つめていた。


また数日を掛けて、王都へ帰る日がやってきた。

遠ざかる馬車の中から振り返ると、いつまでも私達を見送る夫人の姿が見えた。

久しぶりに帰ってきた屋敷は、どこも変わってはいなかった。いつも通りの私の家で、出迎えてくれた使用人皆が元気でほっと安堵する。

旅の支度も難儀だけど、帰ってきてからもまた大変だ。皆に買ったお土産を執事に渡し、分配を任せた。

アニエスとメイド達は、いくつものトランクからドレスや靴を手入れする為に出したりで、忙しそうだ。

御者は馬を休ませ馬車の手入れをし、執事は私が帰ってきた事を知らせに本宅へ出向いていく。

私は馬車に乗りっぱなしで固くなった身体をほぐしたくて、寝台の上でストレッチをしていた。

すると、廊下をバタバタと走る音がする。執事が不在だからよかったけれど、見つかれば大目玉だ。

その足音は、私の部屋の前でピタリと止まった。

少しだけ勢いよくノックされる。

返事をすると、息を切らし興奮で赤い顔をしたアニエスがドアを開いた。

「お、お嬢様！　レイモン様がまた突然いらっしゃいました」

ていた。


よかった。意外に早く夫人から話が通ったようだ。

皆がざわつきバタついている今日、何となくレイモン様はやってくる。そんな予感がしていた。

騎士団員も珍しくこの時間に誰もいない。きっと帰ってきた団員との引き継ぎが行われているのか、何かトラブルでもあったのだろう。

何も起きない屋敷の警備より、トラブルを収める方が重要だ。

「わかったわ。すぐに行くから、レイモン様を先に応接間へお通しして」

「はい！」

アニエスは元気に返事をして、パタパタと戻っていく。

私は軽く髪を直す為にドレッサーの鏡と向き合う。

十四歳の私は、鏡の中で頬を腫らし、力なく涙を浮かべて立っていた。

今の私は、うん。あの頃よりは、いくらかはしっかりしているように見える。

「……さぁ、ミネット。レイモン様は、ちゃんと持ってきてくれたかしらね」

後戻りはできない。とうとうここまできた。

前へ進もう。そして、全部終わらせる準備をしよう。

七章

身なりを整えて一階の応接間へ向かうと、お茶の用意をしていた侍女がレイモン様と軽い談笑をしていた。

レイモン様は私の姿を見ると軽く会釈をして、心許なさそうに微笑む。

夫人とどういった連絡手段を使うのかわからないけれど、きちんと私が言った事が伝わっているのだと感じる表情だった。

そういえば、この人は私を屋敷から攫おうとしていたんだっけ。

思い出してその顔をじっと見てやろうとすると、気まずそうに苦笑いをする。

計画が私にバレているのもわかっているのか。

その時、ふと気付いた。さっきあんなにバタバタしていた、あの子がいない。

「あら、アニエスはどうしたの？」

「アニエスさんは、手が震えてだめだと言っていて……」

侍女は「お茶を淹れるのは緊張して無理みたいです」と、そっと耳打ちをしてきた。

「手の震え？　病気の子でもいるのかい？」

レイモン様が自然に会話に加わってくる。私と侍女は顔を合わせて、小さく噴き出してしまった。

「私のもう一人の侍女が、イルダ国の王室をモデルにしたあの小説が大好きだ、って話をしましたでしょう？　またレイモン様がいらして下さったので、緊張してしまっているんです」

「ああ、さっきここまで案内してくれた子だね。声が上ずって、耳まで真っ赤にしていて可愛かったな」

「まぁ。私の侍女をからかうのは、よして下さいな」

場は和やかな空気に包まれ、侍女はお茶とお菓子を用意すると部屋から下がった。

「レイモン様はいつもこっそりいらっしゃるから、十分なおもてなしができずシェフが悔しがっています。料理やお菓子を作る腕がとてもいいのですよ」

私が紅茶に口をつけても、レイモン様はそれを見ているだけだ。

「リオネルから、君に会う事を禁止されているんだ。裏口から忍び込む覚悟で来たけれど、騎士団の人間が見当たらなくて……自分がより悪い事をしていると思い知っているよ」

「ふふ、もっと悪い事をお考えになっていたのに。それに私もリオネル様に叱られてしまいますから、騎士団員が揃っている中、堂々と正面から来られたら困ってしまうところでした」

ふっと目だけで笑ってみせると、レイモン様も肩の力が抜けたような笑みを浮かべた。

しばしの沈黙。そしてレイモン様が、意を決したように口を開いた。

「……クーロ嬢。神託の話、聞きました。神に……貴女に心から感謝いたします」

「無事にお耳に届いたようでよかったです。リオネル様にもお話をしましたが……まだ心の整理に時間が掛かりそうです」

「まだ生きているクーロ嬢にこんな話をするのは酷だとは思うが、リオネルは素直に君を渡してくれるだろうか……」

私も心配しているのは、そこだった。

この世界には、遺体を永久保存できるような便利な魔法も技術もない。

辺境へ向かうまでに三日も掛かるのに、更にイルダの王都までと思うと……。

「腐ってしまいそうなので、いっそセルキアで荼毘《だび》に付してからの方がいいのかもしれませんね。骨にしてしまえば、もう腐る心配がないので時間を掛けてリオネル様を説得できます」

レイモン様は目を丸くして、信じられないとばかりに口元を覆った。

「骨にするって、遺体を燃やすって事かい？　それじゃあ天国へ行けないじゃないか」

この世界の宗教観では、人は死んでも魂は肉体に戻り、その身で天国へ行くとされている。魂の器である身体を焼いてしまうなんて、考えられないショックな事のようだ。

「私は天の国へは行きません。身体はイルダにとどまり、また魂の半分はリオネル様のお側にいます」

嘘も方便とは、よく言ったものだ。私が神子の容姿をしているというだけで、ややこしい話も上手くまとまる。

「骨だけになるなんて……」

「私はあまり怖くありません。私が両国の為に命を捧げる事で、万事上手くいくのです。リオネル様が心配ですが、セルキアの王太子としてしっかり立ち回って下さるでしょう」

『ちっとも』とか『少しも』なんて格好よくはまだ言えないけれど。逃げ出したいとは思わなくなった。

正確に言えば、変わっていく状況に退路を断たれていた。あの人を、この人をと、助けたい人が一人二人と増えていくたびに逃げ道が塞がれる。

逃げるつもりはなかったけれど、本当に塞がれていくとなると胸に迫るものがあった。

「俺に、俺にもっと力があったら……クーロ嬢をこんな目に遭わせなくて済んだのかな」

あらかじめ骨にする、それがよっぽどこたえているのか。レイモン様はとうとう肩を落として下を向いてしまった。

その姿に、慰めよりも励ましの言葉が口をついて出る。

「生意気を言いますが、神の加護を過信しすぎないように。しっかりと国の立て直しに取り組んで下さい。一人で悩まず、今回のようにセルキアを頼って下さい」

ゆっくりと顔を上げたレイモン様は、「うん」と何度も頷く。

「……生意気じゃないさ。クーロ嬢には、俺にそれを言う権利がある。君をイルダに連れていったら、末代まで大切にするよ……リオネルにもいつでも会いに来てもらえるようにする」

「イルダの皆は私の姿に驚くかもしれませんが、レイモン様が上手く言って下さいね。怖がられて遠巻きにされるのは寂しいです。こう、何か可愛らしい小箱に納めて下さい」

人の目に晒される事があるなら、シンプルな白い壺より多少は綺麗だったり可愛らしい入れ物がいい。

「なら、セルキアの細工職人に作らせよう。君の瞳の色によく似た紫の宝石を金の細工に散りばめて、中にはビロードを敷いて……」

思わぬ方向へ話が転がり、時折会話に小さな笑いが起きるようになった。

レイモン様も、来た時よりは表情が明るい。

冷めてしまったが、お茶にも口をつけてくれた。

音を立てず、カップがソーサーに置かれた。

「……クーロ嬢、俺はそろそろ行くよ。セルキアの建国祭が終わったら国に戻る……やはり俺は母上達の側にいようと思って」

セルキア王国の建国祭は一週間後だ。

国を上げての、華やかで賑やかな祭りになる。

「ええ。きっとそれがいいです」

ニコリと微笑むと、レイモン様は自分の首元からシャツに隠れていたネックレスを取り出した。

そこには、女性用の指輪がふたつ通されていた。エメラルドと、オパールだろうか。大きめの一粒石がそれぞれついたデザインだ。

そのひとつ、オパールの指輪をネックレスのチェーンから外す。

立ち上がり、私の隣に静かに座る。

そうして、自分の手のひらに乗せて私に見せた。

「こっちは、僕の一番上の姉の形見でね。僕の姉達は皆、肌身離さずにそれぞれ指輪を身につけていたんだ」

今度は指先でつままれて、オパールが光を受けて柔和な色で輝く。

「一番上の姉は、普段はおっとりとした優しい人だったけど、誰よりも責任感が強く美しい人だった」

そう言って、一粒石をつまんでくっと力を入れたように見えた。

すると、石の下から白い丸薬のような物が出てきたのが見えた。

「これは……？」

「指輪の、石の下に密かに毒薬が仕込めるようになっているんだ。姉達も、自尊心を守る為に常に持ち歩いていた。女性は……いざという時には殺さるだけでは済まない場合があるから」

レイモン様の声は冷たく、金色の瞳は酷い怒りに暗く満ちていた。

「……これを君にあげる。この白い毒薬は、飲むと途端に意識を失い数日で衰弱して死に至る。姉達は即死するような強い毒を仕込んでいたけど……君にはそれは酷すぎるから」

そうっと私の手を取って、指輪を握らせた。

私は手のひらを開いて、そのオパールの指輪を見つめる。

元通り、石の蓋を閉められた指輪は、可憐な輝きを宿していた。

この持ち主は、この指輪が似合う少女のまま亡くなってしまったのだ。

「私には皆とお別れできる時間が、少しあるのですね」

「うん。意識は戻らないけど、残される者は君にお別れが言える。もしかしたら、眠ったままでも声は聞こえるかもしれないね」

私は夫人を通し、レイモン様に毒を用意するように頼んだ。

『身体に傷をつけては、神のお側にはいけません』と。

意図を完璧にくみ取り、今お姉様の指輪ごと毒薬を私に託してくれた。

私は指輪を大事に大事に、手のひらで包み込む。

自然に私の瞳から、涙がぽろぽろと零れ出す。

安堵に似た感情と、寂しさとが涙になった。

「……俺は、リオネルに恨まれるな」

「レイモン様から頂いたなんて、きっと誰にもわかりませんわ。それに、あの子……アニエスがいますから大丈夫です。リオネル様の力になりますから」

「アニエスって……あの黒髪の子かい？」

「あの子だけが、この世界で特別なんです。ゲームメーカー、状況をひっくり返す存在で……そしてとても可愛くて、大事な私の侍女なんです」

「特別な存在、か」

レイモン様はそう呟いて、誰もいない扉に視線を向けた。

帰り際、見送る私の後ろに控えていたアニエスを見て、レイモン様は微笑みながら軽く手を振った。

アニエスはたちまち顔を真っ赤にして、「ひぇぇ」と小さく呻いていた。


セルキア王国の宰相であり、三大貴族である私の父クーロ伯爵は、特別娘に甘い訳ではない。

見栄っ張りで何よりも家名が大事。なので、その為には連れて歩く私が身につける宝石に糸目はつけなかった。

だから特段に希少で、特別に大きく、中には世界でも珍しいとされた宝石を使ったアクセサリーがいくつもあった。

着せ替え人形のようにドレスも山ほどあり、屋敷に飾られた調度品も高級な物ばかり。

その財産管理を一手に任されている執事に、私はそれらの財産分配について常に相談をしていた。

私の死んだあとの話だ。

クーロ家が取り潰しになったあと、使用人を路頭に迷わせる訳にはいかない。

この屋敷で働く皆は、私の家族だ。

家族を守りたい。

その為の保険は手厚い方がいい。

大きな宝石や凝ったドレスは本宅の母などが渡せと言ってくるだろうから、目立たない小さな宝石などをこそこそと別に用意しておいた。

小さな宝石ひとつでも、売れば半年や一年くらいは生活ができる。

独身者や家族のいる者、それぞれの状況に合わせた分配を執事にお願いしている。

贅沢三昧の本宅の人間には知られないよう、私にもし何かあった時には再出発ができるようにと。

私が別宅に隔離された日からずっと側で支えてくれた執事は、初めてそんな話をした日にも嫌な顔をひとつもせずに応じてくれた。

「私に何かあった時に皆に私財を少し分けて欲しいの、父や母には内緒でよ。ここをもし解雇されても新しい生活基盤がすぐに整うように」

執事はそれから帳簿をふたつつけるようになった。

いつも通りに冷静に。

彼ならきっと本宅の人間に知られずに、最悪の場合になった時には私財の一部を使用人達に分配してくれるだろう。

心配事はなるたけ残さない方がいい。

心残りも、そのひとつだ。

しんと屋敷が静まる真夜中。寝台で目を閉じると、ぐるぐると色々な考えが頭の中で嵐を起こす。

その暗雲の中で、きらりと光る心残りを見つけた。

「デート……普通のお出掛け……リオネル様の立場じゃ無理だって諦めていたけど、最後くらいはわがままを言ってみたい」

そう考え始めると、心残りは星みたいに輝き始める。

いても立ってもいられなくて、寝台から飛び起きた。

月明かりの透ける薄いレースのカーテンを開くと、窓辺から暗い部屋へ青白く柔らかな月の光が差し込む。

窓越しに空を見上げれば今夜は満月で、街に建ち並ぶ建物のどれもがほんのりと白く光ってみえた。

セルキア王国の建国祭では、昼は国を上げて踊り歌い、夜は空に無数のランタンを浮かべて祝う。

城では神に安寧や安泰への感謝の気持ちをお伝えする大きな儀式が執り行われ、夜には各国から招いた来賓をもてなす夜会が開かれる。

街では数え切れないほどの出店が並び、各広場では音楽隊やジプシー達が音楽を奏で楽しげに踊り明かす。

その幻想的な光景を、これまで私はずっとこの部屋から独りで眺めていた。セルキアの国民でありながら、一度も参加した事がなかったのだ。

建国祭を取り仕切るリオネル様はとても忙しくて、一緒にそれを見たいとはいつまでも言えないままでいた。

レイモン様の動向を注視してか、辺境から帰ると屋敷の警備は更に厳重なものになった。こうなると、建国祭に行きたいだなんて、難しいかもしれない。

「言っちゃおうかな、きっと断られるだろうけど……言わないで後悔したくないもの」

今際《いまわ》の際に、やっぱり言えばよかったと思っても手遅れなのだ。

机から手紙を書く一式を持ち出し、窓辺で月の光を頼りにペンを走らせる。

『建国祭の夜、少しだけの時間でいいので夜空に浮かぶランタンを、リオネル様と二人で眺めたいです。でも、無理なら断って下さっても大丈夫です』

最後にちょっと気弱なところが出てしまったけれど、もしやんわりとお断りされても傷つかなくて済む。

それを丁寧にふたつに折って封筒に入れた。

「無事に届きますように……！」

素直にわがままを綴った初めての手紙が、無事にリオネル様の手元へ届く事を祈る。

明日の朝になったら執事に届けてもらおう。手紙を引き出しにしまって、はやる気持ちを抑えながら眠れないまま朝を迎えた。

執事に手紙を託してすぐ、騎士団員のレオン様を通じて返事が貰えた。

私はお行儀が悪いと思いながらも、すぐその場で手紙を開いた。

『手紙ありがとう。是非一緒にランタンを見よう。少しの時間だけになってしまうけれど、迎えに行くので待っていて欲しい』

手紙には、そう綴られていた。

「王太子殿下から、追加の伝言です。せっかくなら街で見ようとの事で……お嬢様には髪が隠れるような格好をして欲しいと……」

何だか言いづらそうに、レオン様がもごもごしている。

このままの姿ではいけないと、そういう訳か。

私を気遣って、それを言いづらそうにしていたレオン様を優しいなと思う。

「私だってバレたらいけないって事ね。騒ぎになったら大変ですものね。わかった、変装しましょう！　街に行った時の格好を覚えてる？」

侍女に変装して、街へ行った時の話だ。

「覚えていますとも。あれはお嬢様の瞳を見るまで、オレにもさっぱりわからなかった」

支度は侍女に全部してもらったのだけど、あれは我ながら自信作だった。本当にどこかのお屋敷で働いている、普通の女の子そのものだった。

「ふふ、あの姿を見たらリオネル様も驚くかしら？」

「殿下もさぞかし驚くでしょう。オレは初めて見た様に驚いてみせるので、お嬢様は笑っちゃだめですよ」

「わかったわ。笑いそうになったら、こう、自分の手の甲をつねって耐えてみせる」

まるで悪巧みでもするみたいに、レオン様とくすくす笑い合う。

「では、手紙と伝言は伝えましたからね。殿下がうるさいんですよ、お嬢様との会話は五分以内にしろとか視界に入るなとか……」

それじゃとレオン様は言って、屋敷の外へ行ってしまった。

「……リオネル様と、建国祭へ行ける！」

こうしちゃいられないと、すぐに侍女達を呼んで、あの日の再現をする事になったと伝えた。

「以前は昼間に出掛けたので前髪が長いままのカツラを使いましたが、夜ならば切ってしまいましょうか？　視界が良好になりますよ」

「でも、この瞳の色は隠せなくなるけど、大丈夫かしら」

「ランタンを飛ばす時間には、皆その灯りで橙色の瞳の色になっています。それに、空に広がる光景に夢中で、お嬢様の瞳を覗きにくる人間なんて……いたら王太子様にぶちのめされますね！」

そんな事になったら騒ぎになるので、なるべく避けたい事態だ。

「前回はアニエスさんのドレスでしたから、今回は私のをお貸しします。何色にしましょうか、靴も合わせましょう」

「楽しみですね、ミネットお嬢様！」

わいわいと盛り上がる中、ふと疑問が湧いた。

「そういえば、リオネル様がどんな服装でいらっしゃるのか聞かなかったわ」

まさか飾りのついた正服でいらっしゃるとは思えない、目立ちすぎる。

皆で顔を合わせて想像をしてみても、結局あの美男子ぶりではどんな格好でも目立つだろうと結論づけた。


建国祭当日。

天気は晴天で、昼から花火が上がったりと街は随分と賑わっているようだ。

夜の帳が下り、街から楽しげな音楽が聞こえてくる頃。

馬を走らせてリオネル様が私を迎えに来てくれた。

私は午後から侍女達にあれやこれやと世話されて、またいつかの侍女に変身していた。

今回は長かった前髪をカットしてもらい、視界は良好だ。

心配していたが、この暗がりでは私の目の色もよくわからないだろう。

今か今かと屋敷で待ち侘びていた私の前に遂に現れたリオネル様は、すっかり屋敷では見慣れた騎士団の制服を着ていた。

「か、か、格好いい……っ！」

お迎えする為に下りた玄関ホールで、思わず大きな声を出してしまった。

ゲームでもこんな姿は見た事がなかったから、興奮してしまった。

「わ、リオネル様！　騎士団の制服、とてもお似合いです」

シンプルで動きやすく、けれど騎士団の高貴なイメージも崩さない制服を着たリオネル様にドキドキしてしまう。

「騎士団員なら、街にいても不思議がられたりはしないからね」

騎士団員の年齢層は二十代から三十代後半、誰もが剣の腕の立つ者ばかり。そしてなぜか、美男子からイケおじ揃いだ。

それでも、今のリオネル様が加わったら贔屓目で見ても断トツの格好よさだと言っても過言ではないだろう。

毎日屋敷の窓から、日替わりで警護してくれる騎士団員達を眺めていた私が言うのだから間違いない。

「はー……こんなに格好いい騎士団員様、逆に目立ってしまいますよ」

「そうかな？　どこにでもいる、騎士団員の一人だと思うけどな。でも、ミネットに気に入ってもらえたのは嬉しいよ」

制服姿で照れながら胸を張るリオネル様に、私は一番大事な事を伝えていないと気付いた。

「リオネル様。私のわがままに付き合って下さり、本当にありがとうございます」

毎年建国祭では多忙を極めるリオネル様に、今だけはとわがままを言ってしまった。申し訳ないという気持ちと、嬉しい気持ちがせめぎ合う。

「いいんだ。今まで建国祭の夜に、ミネットを放っておいた僕が一番悪いのだから。さ、行こうか」

差し伸べられた手に、自分の手を重ねる。

「ミネットのその変装、一瞬別人かと思ったけど、やっぱり僕の可愛いミネットだ」

握られた手に力が入る。だから私からも、ぎゅっと握り返した。

「侍女達が支度してくれたのです。これなら私だって、誰にもわからないでしょう?」

屋敷の外では、私を見たレオン様がわざとらしく驚いてみせるので、やっぱり耐え切れずに笑ってしまった。

また城へ戻らなくてはいけないリオネル様との、ほんのわずかな時間での初デートが始まった。

祭りで盛り上がる夜の街は、お酒や食べ物、お土産の出店が通りの遥か向こうまで、ずらりと並んでいた。

建国祭は、葡萄酒でお祝いするのが習わしだ。人々は山と積まれた樽の下で、ジョッキのような大きなグラスにお酒を注いで楽しんでいる。

広場では楽団が音楽を奏で、向こうに見える大きなテントでは旅のサーカス団が興行をしているという。

沢山の人が家族や恋人、友人と連れ立って祭りを楽しんでいる。

「ランタンは、あっちで飛ばすんだ。行ってみよう」

賑やかな通りを抜けると、また違う広場に出る。そこには紙のランタンを売る出店が並んでいた。

広場の向こうは比較的人家のないエリアになっていて、仮にも火を使うランタンを街中で飛ばすにはここが最適なのだろう。

「あのランタンに願い事を書いて飛ばすんだ。今日の記念にひとつ、買ってみよう」

リオネル様は出店の店主とやり取りをしながら、紙のランタンをひとつ買った。

「ここで願い事を書いて、中の固形燃料に火をつけてもらう」

出店の脇には、インク壺とペンが置かれたテーブルがあった。知識では知っていたけれど、いざ目の前にすると感動してしまう。

「毎年見ていたあの光には、願い事が込められていたんですね」

いくら妃教育を受けていても、私には圧倒的に経験というものが足りなかった。

社交界にも顔を出さないから、上手く令嬢や夫人達と付き合えるかわからない。

そんな私が将来の王妃だなんて、到底なれる訳がなかったんだ。

「願い事は、なんて書こうか」

遠ざかりそうな意識が、リオネル様の声で引き戻された。

気落ちし掛けた気持ちを、ぐっと引き上げる。

「私はリオネル様の健康をお願いします。百歳になっても、その先もずっと健康でいて欲しいです」

まだ畳まれてぺたんこのランタンに『リオネル様が二百歳まで長生きできますように』と書いた。

「二百歳かぁ、頑張りたいけど……側にミネットもいなくちゃだめだよ」

リオネル様は、私からペンを取ると『ミネットとずっと一緒に生きていきたい』と書いた。

じわじわと、涙が出てしまう。

あっちを向くふりをしながら、こっそりと涙を拭った。

ランタンを広げ、中にセットした固形燃料に火をつけてもらった。

ランタンは熱気球の要領で、空に浮かんでいく仕組みだ。

「五分くらい浮き上がって、固形燃料が燃え尽きたら落ちてくるんだ。風があればもっと飛ぶけど、なくても一キロ先くらいまで飛ぶよ」

二人の手の中で、ランタンが橙色になっている。

「一緒に、いっせーので手を離しましょう」

辺りはすでに、数々のランタンが浮き上がっていた。夜空から下がるシャンデリアのように、どこまでも連なっている。

リオネル様と、目が合う。

話に聞いていた通り。橙色の瞳の色になっている。

私は嬉しくて微笑むと、リオネル様も目を細めて笑い返してくれた。

「私は、リオネル様に愛してもらえて世界一幸せです」

普段なら照れて言えない言葉が、気分が高揚してぽろりと出てしまう。

「僕はこれからも、ミネットだけを愛し続けるよ」

リオネル様はいつだって、そうやって私をぐずぐずに甘やかす。

その時ふわっと、ランタンが二人の手から離れた。

「あっ」

思わず出てしまった声は、歓声やざわめきの中に消える。

私達の願い事を託したランタンは、ふわりふわりと高く上がっていく。

リオネル様が二百歳まで生きて、一度くらいイルダまで私に会いに来てくれたら嬉しい。

今日の事を思い出して、楽しかったねって懐かしんでくれたら嬉しいな。

ふっと心を整える為に息を吐いて、口を開いた。

「……建国祭が無事に終わったら」

リオネル様が、なあにとばかりに微笑んでくれる。

「終わったら?」

ちりちりと、胸にあのランタンの火が燃え移ったように痛む。

苦しくて吐きそうで、心臓が止まりそうだ。

「終わったら……アニエスも誘って中庭でお茶会をしませんか? リオネル様達の為に、私がお茶を淹れたいんです。」

遠ざかって、手の届かない場所まで行って、とうとうランタンを見失う。

それでも見上げたふりをしながら、私はさよならの時をリオネル様に告げた。


中庭でのお茶会にアニエスを誘うと、引くほど驚かれてしまった。

四季咲きの薔薇は気候のいいこの季節、むせ返るような芳香をまとい咲き乱れている。

「中庭への立ち入りは控えるように言われていましたので……それにお二人と一緒にお茶を頂けるなんて、驚いてしまいました。まさかこのあとに私を解雇するとか……？」

「違うわ、そういう気分なだけよ。いつもはリオネル様と過ごす庭だけど、せっかく素敵な場所だから誰かに見て欲しくて」

だから、一番目はアニエスに。そう伝えると、とても喜んでくれた。

「……でも、王太子様は私の立ち入りを許して下さるでしょうか？」

心配そうに、長い睫毛に縁取られた瞳を伏せる。

「大丈夫よ。ちゃんと許可は取ってあるから。二人がどんな風に私の話をするのか、聞かせてちょうだい」

同じ事をリオネル様にも言ったら、何だか眉を寄せ、面白い顔をしていらした。

お茶会には、誕生日にリオネル様がプレゼントして下さったドレスを着ようと決めた。

執事にはこの時期で一番美味しい茶葉を、シェフには私の好きな焼き菓子や軽食の用意をお願いしてある。

そうして建国祭から数日後、リオネル様からスケジュールに余裕があるのはこの日だと手紙を頂いた。一人その手紙を部屋で開き、何度もリオネル様の筆跡を指でなぞる。

「今まで何通もお手紙を頂いたけれど、これが最後の一通になるのね」

大切にしまってある手紙の束を取り出して、一番古い物を開いてみた。

『ミネット、おげんきですか？』

子供だった私にも読めるよう、簡単な言葉で体調を伺う内容だった。

リオネル様の筆跡も、男の子らしい元気なものだ。

『来月は初めて辺境への視察に同行します。僕がいない間、風邪などひかぬように』

これは十七歳のリオネル様からの手紙。私は辺境までの距離を思い、どうか無事で帰ってきて欲しいと返事を出した。

『僕がこの国を治める立場になった時、隣で君に笑っていて欲しい』

これは、リオネル様が二十歳になった日に手渡された物だ。

しっかりとした綺麗な筆跡だ。もう今とほとんど変わらない。

この手紙の束は、私とリオネル様が重ねた時間だ。

これだけは誰にも譲れない、私が持っていってもいい物だ。

「そうだ。これは遺体を焼いて骨にする時に、一緒に棺に入れてもらおう。それから……」

頼みたい事、知っていて欲しい事などを便箋に綴っていく。

思いつくまま書き出すと、なかなか長い内容になってしまったけれど。

最後は、『ありがとう。皆さんお元気で』と締めくくりペンを置いた。

「お嬢様、その指輪は初めて見ます」

私がつけたオパールの指輪を見て、私の髪を櫛《くし》で梳いていたアニエスが、あれ？　という顔をした。アニエスの察知力は、本当に恐れ入る。ジュエリーボックスには似た指輪だってあるのに、これが初めて目にした物だと言う。

「素敵よね。とっても気に入っているの」

私の指の上で、オパールが光る。

「今日が……いい天気でよかった。お茶会が終わったらでいいから、机の引き出しの整理を頼める？」

「はい、かしこまりました」

こう頼んでおけば、いつか私が皆に宛てた手紙を見つけてくれるだろう。

窓辺に目をやると、青く広い空が広がっている。白い雲とのコントラストが、やけに眩しい。

私はドレッサーに置かれたジュエリーボックスから、エメラルドの指輪をひとつ取り出した。エメラルドの石を小さなダイヤモンドで囲むデザインで、私のお気に入りだ。

「アニエス、手を出して」

「はい？」

素直に右手を差し出したアニエスの指に、そのエメラルドの指輪をそっとはめた。

「お、お嬢様！　なくしてしまいそうで怖いです。悪ふざけは……」

「アニエスによく似合う。そのままつけてて。お茶会が終わったら、貴女にプレゼントするわ」

「こんな高価な指輪、とても受け取れません！」

「いいのよ、いいの。この屋敷の使用人達には、こうやってたまに特別な給金……といっても現物支給だけどね。私からプレゼントするのよ」

アニエスは信じられないという風に、指輪のはまった手をどうしようかと握っている。

「執事にも、ちゃんと事前に伝えてあるから。何も心配いらないわ」

「でも、これはお嬢様のお気に入りじゃないですか」

だから、アニエスに持っていて欲しいのよ。いざという時には、売ってしまっても構わない。

「街で貴女が私を必死に守ってくれた事、主従関係を抜きにしても心から嬉しかった。アニエスだって怖かっただろうに……ありがとう」

何度お礼を伝えたって、まだまだ足りない。

それにまだ話したい事が沢山あったけれど、私には時間がもうないのだ。

「もし、もし私がミネットお嬢様の侍女じゃなくたって、絶対に守ります。必ずです、約束します」

ドレッサーの鏡の中で、アニエスは意志の強い眼差しを私に向ける。

あまりいいとは言えない主人だったけれど、慕ってくれているのをひしひしと感じる。

「……うん。どうか、私が守りたいものを、アニエスにも一緒に守って欲しい」

リオネル様のこれからの人生、セルキアの未来。どうか、よろしくね。


中庭のガゼボにセッティングされたお茶会では、まるで夢の中のように、時間がゆっくりと流れていた。最初は遠慮がちにしていたアニエスが、次第に自分の話をしてくれる。

リオネル様は砕けた表情で笑い、私はそれがとてつもなく嬉しくて仕方がない。

世界がこんなにも鮮明で美しかったなんて、今日まで気付けなかった。

薔薇の花弁、葉の葉脈まではっきりと見える。五感の全てが研ぎ澄まされていて、不思議な感覚に身を任せていた。

「……ミネットに報告があるんだ」

「報告？　何でしょうか」

リオネル様はカップを置くと、私にまっすぐに向き合った。

「君に関しての、信憑性の全くない噂があっただろう？」

ああ、私が屋敷に色んな男性を呼んで情事に耽っているという、あの噂だ。

「私が悪い女だと、そういった話でしたね」

この世界では、どう大人しくしていても、配役は変わらず私は悪役令嬢だった。

「その噂の出処を、密かにかなり深く調査したんだ。僕のミネットが、そんな目で見られているなんて耐えられなくてね」

リオネル様が直接調査となると、王室の諜報機関まで動いたのかもしれない。

「噂の出処、社交界に流布した張本人は……財務大臣だった」

「……えっ！　大臣だなんて、父に連れられて数度お会いした事はありますが、恨まれる覚えはありません」

まさかの犯人に、思わず大きな声が出てしまった。セルキアの財務大臣といえば、クーロ家と並ぶほどの大貴族だ。

そんな人が、なぜ私に関する悪い噂を……。

「ミネットに、というより、宰相に恨みがあったらしい。セルキアの宰相、そして娘は僕の婚約者で……宰相との相性が悪いのもあって、長年恨みを募らせていたらしい」

父本人に向けず、その娘の悪い噂を流すなんて……実は大臣は小心者なんだろうか。

「嫌がらせにしても、噂を流すなんてスケールが小さすぎます」

「けれど、人の口には戸は立てられない。王都で囁かれた噂は、尾ひれがついて広まっていく。それが真実かどうかなんて、二の次になってしまうんだ」

もはや噂とは娯楽に近い。嘘を見極められる人はいいけれど、そうでない人は信じて怒りに震えてしまう。鍛錬場までやってきて、私がリオネル様の妻には相応しくないと訴えた男のような者が、今後も現れ続けるのだと言う。

それが多勢になってしまったら。噂は真実の皮を被り、信じ切った人々の掲げる大義名分になってしまう。事が大きくなれば、宰相の座からクーロ伯爵を引きずり下ろし、婚約破棄も現実味を帯びてきてしまう。

そういう芽は、小さいうちに……とリオネル様は呟く。

「だから、大元をきちんと罪状をつけて刈り取った。大臣は公金に手をつけていた事で、前々から内密に調査をしていたから、身柄を確保して収監したよ」

財務大臣の家が取り潰しになるかは、国王様が決めるという。息子が山のように保釈金を積んだけれど、無駄だと一喝されたらしい。

私の噂は、財務大臣の収監というスキャンダラスな話題にかき消されていくだろう。

「ふふ、悪い女になり損ねてしまいました」

そう冗談を言うと、「ならなくていい」とリオネル様が苦笑いする。

アニエスも嬉しそうにしているから、私は本当にこの瞬間が人生の最高の時だと悟った。

逝くなら、今。笑いながらがいい。


「ああ、楽しいです。幸せです。リオネル様、アニエス。ありがとうございます」

テーブルの下で二人には見えないようオパールの蓋を外す。手のひらの上で逆さまにすると、ころりと毒薬が落ちてきた。

それを――。

それを、飲み込んだ。そのまま見上げた空は、吸い込まれそうに真っ青で。

「ああ……さようなら。どうか二人ともお元気で」

次の瞬間、目の前が真っ暗になって意識を手放した。

最終章

暗闇の中で、ずっと私の名前を呼ぶ声を聞いていた。
けれど、もう身体は動かない。
耳もどんどん聞こえづらくなって、もう今は名前以外の言葉はあまり聞き取れない。
自分が暗く深い沼の底に向かって、静かに沈んでいく感覚がする。
瞼ひとつ、開ける力ものこっていない。
どのくらいしたら、おわるのだろう。
あたま……いたい……もう……なまえをよばれても……へんじができないわ……。

ふと、ぼんやりとした火がみえた。
あたまのうえの、もっと高い所に火がともっている。

あれは、見覚えのある。橙色の、あの日、そうだ……リオネル様と二人で飛ばしたランタンだ。

あの夜、見失ったと思っていたのに。こんな所まで飛んできていたのね。

ずっと見ていたいのに、無情にも小さく遠ざかっていく。

仕方がないのね。そう思いながら、消えていく火を見上げていると……遥か遠くから、私の名前を呼ぶ声がする。

悲しみを滲ませて、嗚咽が混じる声。

……懐かしい、そうやって泣いていた男の子に、勇気を出して声を掛けたんだった。

あれは……そうだ……忘れられる訳がない……。

「……リオ……ネル……さま」

鉛のように重い瞼の裏側は、光を透かして血液で赤く見えた。

「……ミネット？」

ああ、さっきの悲しい声だ。

力を振り絞り、瞼を薄く開ける。

眩しい光の中に、知らない天井が見えた。

それから、やつれて酷い隈の浮いた目で私を見て、泣きそうな……リオネル様。

頬に、壊れ物を触るかのように触れられる。

私はその光景が信じられなくて、言葉が出ないでいた。

「ああ、ミネット……よかった。倒れてから、三日も眠ったままだったんだ」

そうっと抱き起こされて、ぼんやりと見えるここが自分の部屋ではない事がわかった。

飾られた調度品や、雰囲気からして……この場所は城の中の一室だろう。

だけどこれはもしかしたら、死んだあとに泥の中で眠って見る夢の続きかもしれない。

しかし静かに瞼を閉じて、もう一度開けてみても、やっぱり風景は変わらなかった。

「ミネット……ミネットが死なずにいてくれて……よかった」

抱きしめられたリオネル様の腕の中で、ぐらりと目が回った。

……どうして。

どうして、私は死ねなかったの？

これじゃ、これでは……。

「……私……失敗……しちゃったんだわ……」

そう、息を吐くように言葉が零れた。

途端にまた目の前が真っ暗になって……ランタンの火は、二度と見つけられなかった。

次に目を覚ました時、泣き腫らした目で私を覗き込むアニエスの顔が飛び込んできた。

わざわざ屋敷からここまで、私の世話をしに来てくれたんだろうか。

以前目覚めた時よりも瞼は軽く、腕にも力が入りそうな気がする。

あれから、どのくらいの時間が経っているのだろう。

「……アニエス……?」

アニエスの瞳から、涙がなみなみと溢れて落ちる。

「目が、涙で溶けてなくなっちゃうわよ……」

掠れた声。喉がひりついて、あまり上手く言葉が出てこない。

心は空っぽで、不甲斐ない自分に対してどう感じていいかもわからなくなっていた。

「お嬢様は、どうしてあんな事を……私にも王太子様にも知らせずに……っ!」

アニエスが怒っているのが、物凄く伝わってくる。そのアニエスの、涙を拭う手に包帯が巻かれている事に気がついた。

「……手、貴女、手はどうしたの?」

「これは、人を殴ったんです。拳にその人の歯が当たって……ざっくり切れました」

全身の力を入れて、やっと手を伸ばす。アニエスは私の手を取って、また泣きだした。

「だめじゃない……人を殴るなんて」

「いいんです、お嬢様が飲んだ毒を中和する解毒薬の為ですから。生まれて初めて、思いっ切り人を殴ったんですよ」

すん、と鼻を鳴らして泣く可愛らしい女の子が、一体誰を殴ったんだろう。

解毒薬……とか言っていた。まさか……。

「あの、もしかして……殴った相手ってレイモン様……だったり？」

「当たりです」

さっと全身の血の気が引いて再び気絶しそうになったところに、リオネル様が医者を連れてやってきた。

二人から聞いた話はこうだ。

私がお茶会で毒薬を飲んで倒れ、すぐに昏睡し医者も匙《さじ》を投げた。

アニエスは、私が何かを飲み込んだのを見たあと、蓋の空いたオパールの指輪を見つけた。普段とは違った私の当日の様子を思い出し、また、こういった蓋付きの指輪が毒薬を隠し持てるアイテムとして、あのイルダをモデルにした小説に登場する事に気付いた。

そして、レイモン様が最後に屋敷へ来た時に、私にこの指輪を渡したのかもしれないと思い至ったそうだ。

「それですぐに、イルダへ向かったレイモン殿下を追い掛けたんです」

あの指輪ひとつから、ここまで察せるなんて。

アニエスは本当にあの小説の筋金入りのファンだった。

「アンリ嬢は馬に乗れると、ミネットも言っていただろう？　騎士団が使う一番足の早い馬に乗って、しかも団員も引き連れて……」

「……え、アニエスが追い掛けたの？　でも、レイモン様を追い掛けたら、三日じゃ帰ってこられないんじゃ……」

「お嬢様、それは馬車も通れる整備された道を選んだ場合です。山を越えれば、かなり時間が短縮できます。だから屋敷の馬ではなく、荒れた道に慣れていそうな騎士団の馬を借りました」

山を越え、レイモン様の一向に追いついたアニエスは、馬車から様子を見に降りてきたレイモン様を……。

「殴りました。話し合いする時間が一秒でももったいなくて……怒りに任せてつい。私がその場で斬られても、解毒薬は団員の方に持っていってもらおうって。解毒薬を持っているかどうかは賭けでしたが、あの時は望みに賭けるしかありませんでした」

レイモン様はこの事態を予想していたかのように、アニエスにその場で解毒薬を渡して殴った事は不問にしてくれたという。

アニエスはそのまま、また馬を飛ばし王都へ帰ってきた。

「どうして……そんな事をしたら、アニエスの身が危なかったじゃない！　それに、レイモン様は貴女の憧れの人だったのでしょう？」

私の為に、そこまで身を張る事はなかった。それに、男爵家を見返すという目標だってあったのに、そこで死んでしまったらおしまいだ。

アニエスは、恐怖や憧れは、その場ではさっぱり忘れていましたとはっきりと口にした。

「私なんかより、何倍も怖い思いをしたのは……眠らずつきっきりだった王太子様のはずです。目を覚まさず、衰弱していくお嬢様の側にいるのは……生きた心地がしなかったと思います」

アニエスの静かな声が、療養している部屋に響く。

リオネル様を見ると、やつれた顔で微笑んでくれた。

「僕の勝手なんだ。ミネットは勇気を出して神託通りにイルダを助けようとしたのだろう？　自死を選ぶなんて……相当な覚悟が必要だっただろうに」

身体をまだ起こせない私の手を、リオネル様が離すまいと強く握る。その手のひらは冷たい。

二人とも、私を死なせないようにと必死になってくれたんだ。

命を自ら捨てようとしていた、私の為に。

「側にいる間、二人で飛ばしたランタンに君が僕の為に願ってくれた事を思い出していたんだ。長生きして欲しいって……どんな気持ちでそう祈ってくれていたかと思うと……」

不甲斐なさに身が引き裂かれる思いだったと、リオネル様は掠れた声で呟いた。

「ランタンの灯りを……、何もない暗い夢の底からずっと眺めていました。たったひとつだけ……それを見上げていて、私を呼ぶリオネル様の声に気付けたのです」

あの灯りがなくて、リオネル様が私を呼んでくれなかったら。

ここで、また再びこうして見つめ合う事は叶わなかった。

死ぬのは、やっぱり怖かった。

いざとなると勢いをつけないと毒薬を飲み込めないほど……物凄く怖かった。

「……ありがとう……ございます……ごめんなさい……っ」

一度涙が溢れたら、止まらなくなった。

二人の姿が、涙で滲み歪んでいく。

私が生きていてよかったのか、これから自分で考えていく。

意識を取り戻してから十日もすると、体力も少しずつ戻ってきた。

私は相変わらず城の療養部屋にいて、毎日リオネル様が昼夜問わず何度もお見舞いに来てくれる。

私は、自分がどうして死のうとしたのかを、リオネル様にきちんと話をしようと決めていた。

政務を終えたリオネル様が、夕方になって様子を見に来てくれた。すぐに私の側に座り、手を握って顔色をチェックしてくる。

「お昼は食べられたかい？　何か食べたい物や欲しい物はある？」

リオネル様のやつれていた顔も、健康な元の肌艶に戻りつつあった。

「……リオネル様。今少し、お時間よろしいですか？」

そう聞くと、リオネル様が姿勢を正した。

「大丈夫だよ。このあとの予定は何もないから」

療養部屋は、西陽に照らされてオレンジ色に染まっていく。

私は息を整えて、まっすぐにリオネル様に向き合った。

「こんな事を言って、リオネル様は信じられないかもしれないのですが……。大切な事なので、お伝えします」

「ちゃんと聞くよ。話をしてみて」

　胸の鼓動が強くなっていく。

「それでは、お話します。私がお側にいると……リオネル様は近い未来に命を落としてしまいます」

　リオネル様の肩がぴくりと揺れた。取り乱したりせず冷静には見えるけれど、私を映す瞳が少し動揺したように揺れた。

　それはそうだろう、そうでない方がおかしい。

　それでも、続けて話を聞いてくれるようだ。

「その未来は、私が死ぬ事で全て回避できるのです」

「それは……それは神託なのかい？」

　まさかここはゲームの世界で、貴方はそういう運命の攻略対象なんです、なんて言える訳がない。

　だから私の知りうる事は、全て『神託』にしてしまおう。

「……その通りです。せっかく助けて頂いた命ですが、私も同じく……死んでしまう運命です」

ショックを受けたろう。助けなければよかったと、思われても仕方がない。

――今からでも、私は死ねます。

そう伝えようとした瞬間、力強く抱きしめられた。

「……ミネット……僕は君に、いっぱい愛されたいんだ」

やっと絞り出したような、切なく苦しげな声だった。

「リオネル様……？」

「君に救ってもらって長生きして……だけど、それはとても寂しくて耐えられない。すぐに君のあとを追ってしまうだろう」

「でも、それでは、私の愛する貴方が……リオネル様が死んでしまうんです！」

そんなの、私だって耐えられない。触れて温もりや想いを知って、見殺しにできる訳がない。

「……言ってくれた……初めて僕を愛してるって言ってくれた……！」

まるで希望を見つけたような、力のこもった声色に驚いてしまう。

「えっ？」

息ができなくなるくらい、遠慮なく腕に力が込められる。

「なら、その時まで愛し愛され一緒に生きよう。僕は生憎一人っ子で、何かあったら次期国王は遠縁の誰かがなるんだ。国王は僕以外でもなれるけど……ミネットが愛する僕は他にはいない」

「だから、生きて欲しいんです……！」

「ミネット。僕に君がいない、長い人生を独りで生きろというのかい？　僕を独占しておくれよ、僕はミネット……君だけのものだよ」

どうか、諦めてくれ。

そう言って、手の甲にキスを落とす。

「……私といたら、一緒に死んでしまうのに」

「あがいてあがいて、一秒でも長く君といるよ。その時が来たら……一緒に死のうじゃないか」

一緒にって、その時が来たら断頭台に二人で上がろうって事？

「リオネル様の首が落ちるところなんて、見たくないんです！」

「そうか、僕は首を落とされて死ぬのか。なら、目を閉じていてくれ。君が次に目を開けた時には、そこは天の国で、僕が君の手を握っているから。約束するよ」

思わず想像してしまう。天の国で、私の手を取り微笑むリオネル様を。

この人なら。私を大事に想ってくれるリオネル様なら、本当にそうなるかもしれない。

リオネル様の言っている事が妙に明るくて、私は救われたように笑ってしまった。

リオネル様の生存ルートを諦めたくはない。

なのに、この約束も悪くはないと思ってしまうのだ。

「……わかりました。一緒に精一杯生きて、沢山リオネル様を愛して……その時が来たら一緒に逝きます」

ふふっと、自然に笑みがこぼれる。

「約束だよ。もし、破って君だけが長生きする事になったら……最後まで迎えに来てやらない。そうして最期に寂しくなったら、僕の名前を呼んでくれ。やれやれって迎えに来てあげるから」

「私が皺の増えたおばあちゃんになっても、好きでいて下さるの？」

「君の隣に立つのに相応しい男になれるよう、威厳と貫禄を身につけておくから。坊やなんて呼ばないでおくれよ？」

私達は寝台の上で、涙を浮かべて笑い合う。

愛してますって、今まで言えなかったぶんまでリオネル様に伝えると。

「もう、心臓が爆発して死んでしまいそうだ」と頬を染めて囁いた。

一ヶ月が経ち、私の体力も回復して屋敷へ戻る事になった。

ずっと胸につっかえているのは、イルダ国とレイモン様の事だった。

どうしてレイモン様は、解毒薬を持っていたのか。やはり、事態がこうなる事を初めから予想していたとしか思えない。

あの人も、優しい人だった。

私の遺体を望む反面で、お姉様のようには死んで欲しくないと考えてくれていたのだろうか。

もしそうだとしたら。とても苦しかっただろうに。

どうにか、何かイルダがいい方向へ、レイモン様達が暗殺に怯える日々を過ごす事のない未来を歩める何か、そういったものがないだろうか。

例えば、大きな力。この世界のシナリオなんて吹き飛ばす、強力で絶対的な力が……。

「お嬢様！　毎日、部屋の空気を入れ替えておきました」

アニエスが部屋の窓を開けると、ふわりと気持ちのいい風が吹き込んだ。

窓辺で、前髪を揺らしてアニエスが微笑む。

「……あっ」

――その時、私の頭の中にその未来を照らす閃きが降りてきた。

もしかすると……これは、もしかするかもしれない。

「アニエス、貴女まだ、男爵家の鼻を明かしてやりたいって思ってる？」

「もちろん！　私は執念深い人間ですからね、なかなか恨みは忘れません」

可愛らしい鼻をフンッと鳴らして、元気に答えてくれた。

「じゃあ、お見合いしてみない？　相手はイルダ国の、レイモン様よ！」

「……え、ええーーーっ⁉」

私のこの時の閃きこそ、本物の神託だったのかもしれない。

すぐにこの話をリオネル様に伝え、イルダからレイモン様を再度呼んで頂いた。

アニエスはビクビクしながら殴った事を平謝りしていたが、レイモン様はアニエスを熱っぽい目で見ている。

女性に優しくされ、守られてばかりだったレイモン様には、アニエスに思い切り殴られた事が衝撃的だったらしい。

やり返してやろうとは思わなかったようで、アニエスの行動の理由や背景に興味を持ち……何度か逢瀬を重ねて随分と二人の距離は近付いていった。

レイモン様から、どうしてアニエスと会わせてくれたのかと聞かれた。

「以前にも話をしましたが、あの子はこの世界で唯一の特別なんです。あの子の為に、世界が動く……今生きている私がその証拠です」

アニエスなら、そして、レイモン様がアニエスを本気で大切にしてくれるなら。

イルダは驚くスピードで、いい方向へ変わっていくだろう。

それが、この世界の主人公であるアニエス・アンリの力なのだ。


半年後に、リオネル様と私は結婚式を挙げた。

国民総出でお祝いしてくれて、セルキア王国はしばらく祝福ムードに包まれた。

私は、王太子妃になった。

城で暮らすようになり、朝はリオネル様のキスで目を覚ます。

そして夜は、毎晩すみずみまでリオネル様に愛される生活が待っていた。

二人の寝室に、今夜も卑猥な水音が響く。

「うあ……深い……ここまできてる……！」

リオネル様の猛々しい肉棒が私を下から突いていた。

繋がったところから、愛液とすでに一度出されたリオネル様の子種がぐちゅぐちゅと、音を立てて泡立っている。

さっき一度果てたと思ったら、リオネル様は寝台に横になり私を跨らせた。

まるで乗馬のような格好で、突き上げられるたびに揺れる乳房が晒されて……意識すると下腹に力が入ってしまう。

「ほら……気持ちいい所、ミネットが自分で当ててごらん」

両手を繋がれて、ほら、と軽く突き上げられる。

「やだぁ……自分じゃ動けない……です」

「気持ちいい所に当てて、悦んでるミネットが見たいんだ」

ね、と、更にもう一度突かれた。

「私、ゆっくり……擦られるのも……好きで……」

肉棒の先が抜けない、ギリギリまで腰を上げる。膣道の肉やヒダが離すまいと吸いつき絡みつく感覚に、ぞくぞくする。

「ああ……っ、それから、ぐって奥まで……突き当たりに……はぁんっ！」

体重を掛けて腰を落とすと、肉棒がヒダや蕩けた肉の中に押し入ってくる。

数度繰り返すと、タイミングに合わせてリオネル様が下から突き上げ始めた。

「あっ……あっ……気持ちいいっ！」

「僕もだ、ミネットの中が……僕に吸いついて離さない」

流れる汗の感触も、乱れる髪も、全部が愛おしくて気持ちいい要素でしかない。

「そろそろ……もっと強くするね」

「あ、んんっ！」

リオネル様が半身を起こし私を支えると、そのまま押し倒してきた。

今度はリオネル様が、上になり腰を打ちつける。

パンッパンッと肌がぶつかる音が耳から入って、リオネル様といやらしい事をしているという実感が更に湧いてきた。

「愛してるよ……ミネット」

「私も……私も、愛しています」

深い口付けを受け、舌を絡める。中でびくびくと肉棒が脈打ち、気持ちよくてまた締め上げてしまった。


私達が結婚してからも、特にトラブルなく過ごしている。

隣国との小競り合いもなく、平和そのものだ。最近、金脈が見つかり国の財政も潤っているようで、結婚を祝う記念硬貨が造られた。辺境では更に豊作に恵まれ、数年様子を見たあとで、小麦の輸出も始まるかもしれないなんて話もある。

金脈の発見に豊作。国民は神子様のおかげだと言ってくれているようだけど、自分では確かめようがない。

飢えの心配がなく、人々が働いて暮らしていける事がありがたい。

私は毎朝、神に感謝の祈りを捧げている。

もしかしたらだけど。

今はイルダで暮らすアニエスが、攻略対象外のレイモン様と婚約した事で、シナリオが強制的に変わり、私達の死亡フラグは消えたのかもしれないと思っている。

アニエスが強く思い願い、必死に行動した結果がこの世界を変えていく。

いい方向へ、明るい方へ。

ふと、思った事がある。

アニエスは、私の事を本物の神子だと心から信じていた。

もし。その信じる力で、私が本当にそう変わっていたら……なんて考えてしまった。

時折、アニエスから手紙が届く。

そこには、レイモン様のお母様やお姉様によくしてもらっている事。

レイモン様に、予想以上に愛されている事。

私に会って顔を見て、こちらでの出来事を沢山話したい。

問題のイルダの大臣については、他国へ嫁いだお姉様の旦那様の助力もあり、少しずつ排除しようとする方向へ進んでいるらしい。

アニエスはイルダでとても歓迎されているようで、早く王太子妃になって欲しいという声も上がっていて嬉しい、という内容で手紙は締め括られていた。

手紙と一緒に、刺繍の施されたハンカチがプレゼントとして同封されていた。

拙《つたな》い薔薇の刺繍に、変わらないアニエスへの愛しさを感じる。

「アンリ嬢とセドリックが結婚するのは、予定よりも早いかもしれないね」

リオネル様が、ハンカチを持つ私に微笑む。

「そうですね。その時には、二人で必ずイルダへお祝いに行きましょう」

今セルキアとイルダでは、ある一人の男爵令嬢が王太子と共に冒険をし、恋に落ちる恋愛小説が流行りだしている。

アニエスに会いに行けたら、一緒に刺繍を刺しながら、ゆっくりその話をしてみたい。

あとがき

初めまして。木登《きのぼり》と申します。今作品をお手に取っていただき、本当にありがとうございます。ヴァニラ文庫様では初めての本になります。

乙女ゲームの世界に、自分が悪役令嬢として転生してしまった事に気付いたヒロインが、推しのヒーローを今世こそは死なせまいととにかく頑張るお話でした。

そんなヒロインやヒーローを素敵に、また色々な表情で描いて下さったＲｕｋｉ先生、本当にありがとうございます！　ラフを頂くたびに、執筆の励みにしていました。また、あっと驚くような閃きやアドバイスを下さった担当様。その発想で更に物語の世界が広がっていくのを感じてわくわくが止まりませんでした。

そして、ここまで読んで下さった読者様。本当に、ありがとうございます！　少しだけでも、この本の世界を楽しんで貰えていたら幸いです。

木登

死を望む悪役令嬢ですが、王太子に予想外に溺愛されて困惑しています

Vanilla文庫

2023年2月20日　第1刷発行　定価はカバーに表示してあります

著　者　木登　©KINOBORI 2023
装　画　Ruki
発行人　鈴木幸辰
発行所　株式会社ハーパーコリンズ・ジャパン
東京都千代田区大手町1-5-1
電話　03-6269-2883（営業）
0570-008091（読者サービス係）
印刷・製本　中央精版印刷株式会社

Printed in Japan ©K.K. HarperCollins Japan 2023 ISBN978-4-596-76807-0